黑夜不要走有光的路

小婧

著

ZHEJIANG UNIVERSITY PRESS
浙江大学出版社

在音乐里，遇到有趣的小婧

　　小婧同学的新书《黑夜不要走有光的路》即将出版，我有幸成为最早一批试读本的读者，并且有幸为她着笔几句。

　　由于曾在香港工作的几年主持凤凰 URadio《今晚不安婧》节目，小婧在一个自由气息浓厚的城市里，做着自己喜欢的 DJ 工作，也采访了大量的独立音乐人。《黑夜不要走有光的路》这本书，便是小婧这几年采访几十位内地、香港、台湾独立音乐人后就写的随笔集，通过这本书，读者朋友可以走进这些或大名鼎鼎或不太熟稔的独立音乐人的世界，了解到他们的所思所想、他们的音乐作品，以及他们的生活与情感世界。通过小婧或有趣、或戏谑、或感性、或细腻的文字，让这些独立音乐人的形象得以立体丰富。或者换言之，这是一本非常好的当代中国独立音乐人列传。

　　我与小婧在华语民谣奖颁奖典礼上相识，作为凤凰 URadio 的当家花旦，彼时她是那个活动的主持人，我是评委和颁奖嘉宾。转眼认识已有三年多，但也大概只见过三次面，所以不敢说是了解非常深入的好朋友。但是我们每次见面都是围绕着音乐聊天，每次也总感觉有聊不完的话题，在我看来，小婧是一位非常用心关注当代中国独立音乐发展的媒体工作者。每一次听她滔滔不绝地讲她眼中的当代中国独立音乐和独立音乐人，讲她对独立音乐行业的问题和发展的观点，我都有点自叹弗如——虽然我也是"过气"乐评人和在线音乐平台的操盘手，但我这几年因为太过忙碌，对于独立音乐的关注比她实在是少多了。

在我眼中，小婧是一位温婉又活泼的江南女子。这位来自浙江杭州的姑娘，热爱文艺和媒体工作，总有无穷的热情与活力。当然，在她自己口中，她是"女神"和"女神经病"的结合体，大家可以自行想象一下，不要让照片变成"照骗"。哈哈。

我这近十年都在互联网公司上班，工作极其忙碌，而我生活中的片刻喘息，必定会有音乐相伴。古人云"诗言志，歌咏情"，但现在华语乐坛的现状并不让人乐观，一些歌手的歌曲很难让我找到情感共鸣。

这两年我也连续出了两本书，乐评集《忽略秘密，记住音乐》和《青春散场，留住音乐》，销量惨淡。销量不佳固然有宣传不力的原因，音乐类尤其是音乐评论类图书受众较窄当然也是重要原因。我的书是编年体，而小婧的书是纪传体，有很多有趣的人和故事，也但愿她的书不会遭遇像我的书一样的命运。

听听音乐，读一读小婧的这本书吧，书中自有颜如玉，你会遇到一个有趣的小婧。

王　磊

（资深乐评人、唱片企划人、百度音乐总经理、

中国传媒大学客座导师）

有趣的人不一定只在音乐里，但音乐里一定可以遇到有趣的人，而且并不奢侈。

——梁　龙

第一次见小婧，就觉得这姑娘长得很文艺，有一种温柔的美感从她的微笑里散发出来。认真看完了关于祖师奶奶的这段，写得真不错呀！把我说过的话都认真记录了下来！我都忘了我说过什么啦！太感谢你帮助我又恢复了记忆！乐坛真的需要像你这样自然真实的主持人！继续加油让我们了解更多感兴趣的人和事物！

——张　蔷

她让我有一种一见如故的感觉，所以第一次见面，我就觉得我能信任她。

这是一种缘分。每天在工作上我都会遇到好多人。尤其是常常飞来飞去，跟很多人可能都是几年一见。第一次跟小婧私下聊天，是做完她的电台节目之后。坦白说一个歌手每天上不同节目，分享的故事再多也会开始重复；而一个媒体工作者，每天见到那么多艺人、作家、艺术家，采访的内容再多也少不免重复。但小婧在对话里的真诚，让我觉得她是真的 care，她不止是在进行例行公事，她真的在用心聆听，也真的在打开心对我分享。那一刻是感动的，在"现实"里能遇到不那么"现实"的人，一下就让我能够信任她。

大概是她这种真诚，让很多人都愿意跟她这样交流。这本书，就是最好的见证。

——邓紫棋

他们值得被看见

　　相信在绝大多数女生的心里都有这样的一个梦想：在某个安静的街角，开一间不以营利为目的的咖啡馆。这个美好的梦想却总是听见的人多，看见的人少，真正敢这么着手去做的也确是寥寥。我是一个电台音乐节目主持人，尽管期间偶尔夹杂着其他工作，可本质上还是一个纯粹认真的乐迷。我曾在香港工作生活三年，接触媒体这个行业已六年有余。和很多在商业环境浸淫下生长的媒体人一样，我起初很自然地认为，做节目就是要迎合观众，迎合市场，可这个想法在到香港的半年后发生了转变。在这个被互联网颠覆的媒体混战时代，我做起了推广独立音乐的节目。写这本书的初衷即将我这几年所遇见的这些有趣的音乐人记录下来，分享给更多的朋友，尤其是年轻人，让大家知道原来我们可以活得如此独立，也可以如此随心所欲。接下来，我就要带你进入一个时空，那里活跃着一群极有意思的怪咖。请坐稳扶好，拿出你最大的好奇心，继续……

左小祖咒，号称摇滚诗，此人最大的特点就是唱歌不着调。某年五月的北京草莓音乐节，阳光明媚，柳絮纷飞，尘土飞扬，人山人海，我比节目单上的左小祖咒演出时间提早一个小时入场，可诡异的是一进场便听到主舞台的方向传来阵阵不知是念还是唱的低沉男声。当时心想："除了左小祖咒，还有谁能唱得如此特别？"于是毫不犹豫直接杀去后台，并理所当然地成为当天第一家，也是唯一一家专访他的媒体，因为他着急陪女儿看演出，再没时间接受更多的专访。也因此，我和他才有了后来更深入的接触……

二手玫瑰，将东北二人转融入摇滚的最接地气的乐队。主唱梁龙乃东北纯爷们儿，登台时好把自己扮成旦角，且不喜穿裤子。有一年他们来香港演出，现场观众出乎意料地齐呼："铁岭的！"这让梁龙在台上尴尬回应："你们能不能让我有在巡演的感觉？"专访梁龙是在那次演出的第二天，见到素颜赴约的他让我忍不住当面惊叹："果然是东北之光，经得起卸妆！"浓妆艳抹下是音乐人的沉稳……

万能青年旅店，可谓当下最受欢迎的独立乐队，来自河北石家庄——传说中的摇滚重镇。他们常年吸着工业废气，常年撒泼抒情，行事极为低调。主唱董亚千的忧郁气质，小号手史立的振奋人心，贝斯手姬庚的才华横溢，鼓手小耕的帅气逼人都让粉丝疯狂不已。第一次约访万能青年旅店是在 2013 年北京草莓音乐节，地点在离主舞台较远的一个无人无灯的土坡坳里，远看像极了正在进行某种非法交易。第二次专访是同年年底在香港的自由野艺术节上，据说那次他们推掉了所有其他的访问，唯独接受了我的。我问史立为什么，他说："这就别录进去了，因为我们是朋友。"后来几年在一些音乐节上还跟万青相遇，没再专访，只是等他们演出结束后和史立还有小耕闲聊，聊生活聊爱情，也聊别人的歌。我常问他们什么时候出新专辑，他们总说在做。原本写好了一篇关于他们的文章，可惜由于手误不小心将存放文稿的文件夹整个删除，重写时一直记着写好了他们的，怎知交稿时怎么也找不到。也罢，留一些美好的遗憾，待有机会再出书时当作开篇来写，也给自己继续写作留下动力和念想⋯⋯

除此之外，文艺女神陈绮贞说她平时也会骑着脚踏车去买菜，没事喜欢研究星象和符号；Beyond 乐队的鼓手叶世荣说他最怀念初识黄家驹的那段日子，那时的家驹是个满脸痘痘，说起吉他便停不下来的大男孩；另外还有胡德夫、张蔷、邓紫棋、Hush、周云蓬、野孩子、陈建骐、好妹妹乐队等等。每一支独立乐队，每一位用心创作的音乐人，只要你同样用心地聆听他们想传达的音乐，都会发现他们独特的好玩之处。

当然，我在为认识这些音乐人感到兴奋的同时，也会有失落沮丧的片刻。兴奋是因为能专访到这些在圈里小有名气的音乐人，沮丧是因为不少人在听到其中一些人名字后的第一反应总是不冷不热地来一句："他谁啊？"然而，在旁人眼里的无意义，于我却是不可多得的礼物。很感谢曾有一个给媒体人极大自由的平台——凤凰 URadio，放手让我去发现及推广这些有趣的人和有趣的音乐，也感谢身边一直鼓励我坚持下去的朋友们。这些年与音乐人的相识交往，教会了我在这个人云亦云的时代，仍该保持初心，保有棱角，可以不露锋芒，却要独一无二。他们的故事，又将带给你怎样的启发与感悟呢？我很期待。

小　婧

2017 年 4 月于杭州

第一部分 生长于此

> 徘徊在水里火里汤里冒着热气期待
>
> 期待更美的人到来
>
> 期待更好的人到来
>
> 期待我们的灵魂附体它重新回来
>
> ——周云蓬《不会说话的爱情》

第二部分　香港香港

原谅我这一生不羁放纵爱自由

也会怕有一天会跌倒

背弃了理想 谁人都可以

哪会怕有一天只你共我

仍然自由自我 永远高唱我歌

走遍千里

——Beyond《海阔天空》

第三部分　环岛之旅

哎呀……大武山是美丽的妈妈

流呀流传着古老的传说

你使我的眼睛更亮心里更勇敢

我们现在已经都回来为了山谷里的大合唱

我会回到这片山下再也不走了

————胡德夫《大武山美丽的妈妈》

第一部分

生长于此

徘徊在水里火里汤里冒着热气 期待

期待更好的人到来

期待更美的人到来

期待我们往日的灵魂附体它重新回来

——周云蓬《不会说话的爱情》

身边的"吉卜赛"姑娘——曹方

吉卜赛人，法国人称之为波西米亚人。在法国作家梅里美的中篇小说《卡门》里，我们能窥见一些吉卜赛人的特性：热情、奔放、洒脱、喜游荡生活、擅歌舞等。若要刻画出具象的吉卜赛女郎，必不可少的大概是艳色长袍加身，披散乌黑略显凌乱的长卷发，偶尔束上发带或编上一条小辫子，手腕上戴满彩色石头串成的链子，散发神秘巫性。我脑海中跳出第一个具备以上特征的人是作家三毛。

2014 年 5 月，连着下了好几天雨的深圳，空气里尽是潮气。户外音乐节最怕碰上雨天，深圳草莓音乐节不巧撞了个正着。"今天我特意穿上了红色，祈求老天不要下雨。"台上身穿一袭红色长袍，披散黑色长发的女歌手对台下的乐迷说道。果真，在她表演的那一个小时里，老天狠狠地憋着气没让雨下来一滴。这个有魔力能让老天爷乖乖听话的姑娘，就是曹方。

"这是我小时候自己的小习惯，因为我们家那边是热带雨林，经常会下雨。在我的家乡有个习俗，穿红色能止雨。我平常很少穿红色，如果近期有什么特别活动，我就会穿上红色的衣服祈求老天不要下雨，没想到还真的每次都能灵验。"说话间，曹方的脸上露着小女孩的天真俏皮。

曹方，独立音乐人，出生在云南的西双版纳。在 2003 年发行首张专辑《黑色香水》时，因为公司团队把精力全放在音乐本身上，最后好音乐做出来了，没想到由于一时疏忽却把专辑封面和歌词本上曹方的名字印成了"曹芳"，发现时已大量印刷。于是将错就错，曹方就此以"曹芳"之名发行歌曲，她想，玫瑰换个名字也一样芬芳。然而人总会经历找寻自我回归初心的阶段，年纪越长反而越想找回最真实最当初的自己。在"曹芳"渐渐被大众熟知后，曹方决定改回本名，哪怕重新出发。所以从 2005 年发行的专辑《遇见我》开始，曹方只叫曹方。

听曹方早期的歌，尤其《遇见我》专辑，很容易给她贴上"小清新"的标签。我原本也是带着这样的既定印象去看曹方的演出，只见舞台上的她时而冷酷，时而随性，偶尔会透露出小女孩的清新，不过比重并不大。曹方的美值得玩味，像一杯陈年普洱，越喝越醉。然而她又不像女神般高冷，会时不时与台下的观众互动，应观众要求清唱歌单里原本没有的歌曲。

"我的听众跟我有些像，表面上很安静，内心想法非常丰富，有时很疯狂，有时又很酷。所以他们如果想听一些歌的话，一定是他们心底最真诚的声音，我也要用我最真诚的方式去回应。"曹方说她不从在意别人给她贴上何种标签，相信自己所看到的，那就是各自心中的真相。

有人说曹方是女版许巍，女版朴树，对于这种评价曹方同样欣然接受。"挺好的，我尊重每一种评价。虽然有人会问'你难道不介意被拿来比较吗？'我觉得还好，无论许巍还是朴树，都是非常优秀的创作人，能跟他们相提并论是一种荣幸。"

出生于音乐家庭的曹方，父母都是疯狂的音乐爱好者。父亲是小提琴乐手，在曹方很小的时候便经常带着她去看乐团的排练。然而从小的耳濡目染，并没让青春期的曹方也染上音乐的瘾。在上高中之前，曹方直言没听过什么音乐，她说她讨厌那样的环境，甚至逆反地标榜自己不喜欢音乐。可命运自有安排，赏了曹方吃音乐这碗饭，又怎会轻易"放过"她。

高中时，曹方考入了一所寄宿学校，她的外教老师是一位忠实的摇滚乐迷。从他那里，曹方第一次听到了 Nirvana（涅槃乐队）、The Cranberries（小红莓乐队）、U2 等一批国外乐队的摇滚音乐，她体内躁动的音乐细胞瞬间被点醒，像发现新大陆一般欣喜地沉溺其中。那时的曹方还喜欢 The Carpenters（卡朋特乐队），于是在学习之余也学着翻唱民谣，同时帮朋友的乐队唱和声。同时期，在校园民谣的影响下，曹方迷恋上了许巍、郁冬等一批民谣歌手的作品。

回忆当年写歌的初衷，曹方说："我其实就是追求和别人不一样。我不要重复，我要找到自己最独特的一面。一开始也没想到写歌，慢慢又不想唱别人的了，要唱自己的才特别。没人帮我写，那就自己尝试创作，从那一刻才打开了另外一扇门。"

往南的列车开动了

窗子浮现你的轮廓

而我决定放弃了

真的

这一次的旅行没有你

一定少了很多乐趣

我们就这样告别了

是的

——曹方《伤心旅客》

曹方的创作都是生活中看到、听到、感受到的事情，她说自己从小到大从来没写过日记。有一天，她看到同学们每个人都有一本很厚的日记本，这令她相当羡慕，她反问自己为什么从小没有写日记的习惯。于是从那天起，她下决心要超越同学们，就这样慢慢地从之前的画画变成用文字记录，再慢慢试着加入旋律。从那时起，曹方有了用音乐记日记的小习惯。

曹方写歌从来是想到哪写到哪，且不拘于任何一种载体，在没有智能手机之前，她会随身携带录音笔、小本子和铅笔，也喜欢带照相机。旅行时曹方会专门准备一个包，里面装满胶片、相机和其他摄影器材，她说这些都是她去捕捉生活灵感的方式。

"很多经典的东西不是由设计而来，它是灵光一闪，顺其自然而来，任何创作都不该被刻意雕琢或精心揣摩。"曹方表示。

2003 年发行第一张专辑《黑色香水》前，曹方根本没想过未来自己会变成歌手，也不知道做唱片是怎么回事，就连从众多的作品中挑 12 首歌也相当随性。

曹方坦言："我的唱片公司和制作人都没管我，所以从出道开始我就非常自由，这也决定了我的发展就是很随性的。"

我问曹方，拿到一张专辑成品的时候哭了吗？她说没有哭，但惊呆了。那感觉就像看到另一个自己在面前站立了起来，很鲜活。按照故事的发展，往往女主角会从此坚定梦想，立志要继续写歌，并以歌手作为职业，斗志满满的样子。曹方呢，骨子里那股吉卜赛人的性子开始作祟，那会儿才 20 岁的她也不多想，只觉得好玩，愿意玩那就接着玩呗。

> 我画了一张空白的画
> 我买了一张单人沙发
> 我打了一通无人电话
> 我开了一瓶无味的酒
> 一不留心绊了它
> 脏了我的画
> 依依不舍就扔了它

—曹方《黑色香水》

"我喜欢到处跑，定居在北京以后每年也会专门分出一段时间去旅行，每到一个地方我都爱租一个公寓，像当地人一样生活，伪装成他们中的一分子。"曹方说。

每个人尤其是身处城市的人心里，其实都住着一个吉卜赛人，渴望自由，希望四处游走，最好以天为家，以梦为马。然而理想很丰满，现实太骨感。流浪者的生活只静静地躺在脑海里，大多数人总迟迟鼓不起勇气，不肯放下一切说走就走，到头来只有羡慕他人的份。要不怎么说曹方是生活在我们身边的吉卜赛姑娘呢，虽定居在北京，但只在有工作的时候才回北京住，其余时间到处旅居，喜欢哪儿就去那儿待一段时间。曹方旅居有一个要求，行李箱必须足够大且能抗撞。

"我是一个特别注重居家环境的人，去任何一个地方，哪怕只有几天，我也要随身带一个常用的花瓶。花可以当地采，甚至有没有都不重要，但一定得有一个自己的花瓶。"曹方说这是她的怪癖。

曹方不像其他女孩出行爱带许多漂亮的衣服，在她看来衣服可以再买，可惯用的物件无可替代。以前旅行她更夸张，还要带上自己的锅碗瓢盆和杯子。她认物，即便都是杯子，可弧度不对就不舒服。你要说她"作"，她也不是。无论去到任何地方，曹方都能很快融入当地生活，也会尝试去爱上那里，只要带上平常习惯的东西，任何地方都像家一样。

如果可以不顾现实，随心选择安顿晚年的地方，除了西双版纳，曹方心里另一个备选地是一座名为A（音：喔）的小镇。A位于挪威的Lofoten（罗弗敦）岛，地处北极圈内，被称为世界尽头的小镇。曹方一直认定世界同人生一样，不该有种种限制，可竟然有个地方被称为世界尽头，她鬼使神差地决定一定要去那个地方看看。2012 年，曹方慕名由英国出发飞往挪威，几经航班换乘，加上数小时海上渡轮航行颠簸，最终到达目的地。在前往小镇的途中，曹方幻想过无数种小镇可能有的样貌，而在踏上小镇土地的那一刻，她的反应是："哦，原来就是这样的。"

达到小镇后，曹方便马不停蹄地驱车前往山顶，直到无路可行，然后下车步行至悬崖边，眼前是无尽的大海，那就是所谓的世界尽头——她唯一的感觉是空气很干净。对着世界尽头望了一会儿，曹方转身欲离开，却看到身后有一块足球场，说是足球场其实就是一块平地，两个小孩在踢足球。那一刻她意识到，世界尽头并不存在。

"人生永远会有东西带着你往前走，当你想回来，任何时候你都会看见生活。你想象所谓的世界尽头，其实转身就是孩子们的天堂，有人在做饭，都是最平常不过的生活。"曹方说，那天她就在世界尽头看着这两个小朋友踢了一下午球。

> 若不是衣服还有温度
> 感觉不到自己
> 若不是胸口隐痛提示难过
> 若不是城市霓虹和间断的烟火在放
> 误以为跌入冰川不胜寒
>
> ——曹方《冰川》

我问曹方,是否想过把她这几年来的旅居经历集结成书。她说她的旅行手册要写的很多,等再老一点的时候再慢慢整理吧。很早就有出版社约她出书,但她一直没有承诺要完成一本书,她觉得这需要时间和心力,不希望只是一本简简单单的画册。

曹方说:"那里面该载录着我的生活,如果有一天我死了,那这本书里记录的就是我的人生,我该认真地去对待它。"

这一观点不由得使我联想到《荷马史诗》。相传《荷马史诗》是由古希腊吟游盲诗人荷马周游各地所创作,集古希腊口述文学之大成,有极高的文献价值。或许未来曹方的游记未必能如《荷马史诗》般记述跨越两个世纪的历史,可人类演变的整个过程里,生命正不断地被拉长,从过去短短三四十年的一生,到如今活至百岁也不稀奇。尽管三万多天的人生在整个历史长河里极为渺小,可对个体来说却是丰富又悠长的一生,何必急于一时给自己套上枷锁呢?曹方从不让自己陷入被约束的状态,生活也好,创作也好,即便是写歌出专辑,她也从不给自己限定时间,什么时候写完了什么时候发。她觉得那样才是对自己、对乐迷最负责任的方式。她不爱轻易承诺,等到她觉得可以让大家知道的时候就是最对的时间。

大冰：主流文化与多元江湖的传译者

　　我是杭州人，22岁之前从未离开过家，连大学都是在杭州读的，毕了业之后顺利考入浙江广电集团，至此从未想过有一天我会背起行囊换一处生活。进入工作环境后，社交圈慢慢扩大，认识一些年纪长我不少、阅历也比我丰富的朋友，谈话间总能听到一些奇闻逸事，这在我那个年纪看来简直就是另一方世界。大冰，这个名字印象中一直出现于朋友崔磊和负小一口中，此人经历经朋友之口，被渲染得相当传奇，似江湖侠客，终日吟游卖唱，好不逍遥。那时大冰还没出版畅销书《他们最幸福》，我跟他也还未谋面，可关于他的故事，还有他和他的朋友们一同经历的那些却时常贯穿席间。前几年大冰的那首《如果我老了》被《快乐男声》选手翻唱而备受热议，我便借着工作之名给大冰做了个电话专访，终于把关于他的传闻和真相做了印证。

　　大冰身上有很多标签，民谣歌手、酒吧老板、吟游诗人、主持人。我问他在这些标签里最喜欢哪个，他说："我要告诉你哪一个我都不喜欢你信不信？没办法，我们所处的时代，人与人之间必须得通过标签化来认知一个人。谈不上喜欢这些标签，只能说认可度比较高的是民谣歌手和酒吧老板。"

大学毕业后，大冰的第一份工作就是主持人，一直持续至今，已有十几年。对他来说这份工作更像是一种惯性的延续，从中还能获得快乐，也就没有放弃。我们常听人说"忙"，终日碌碌不知何为。似乎在普世观念里，每个人都该有份正当职业，且将一切精力围绕着它连轴运转。大冰对待工作的态度倒更像兴趣，我甚至觉得兴趣才是他的正经事，他自己将这种"主次不分"解释为拓展自己的价值。

"老在一个地方待着多没劲，你生活的城市就是你出生的地方，你上大学的地方，将来朝九晚五的地方，养孩子的地方和死去的地方，那太没意思了。"大冰说。

> 依偎在大昭寺广场晒太阳
> 抚落满头的格桑花香
> 下午三点的时候
> 你说你喜欢玛吉阿米的脸庞
> 呼吸着拉萨午后的阳光

> 在这个找不到影子的地方
>
> 你的脚尖敲打着不知出处的节奏
>
> 喃喃自语
>
> ——大冰《在大昭寺广场晒太阳》

虽说十几年里，大冰游走过的地方大大小小不计其数，唯有三个坐标最让他难以割舍：济南、拉萨、丽江。济南是他的主持工作所在地，这个地方的重要性不言而喻。至于拉萨和丽江，老实说，我曾对他的这份偏爱产生过误解。近些年，倘若在网上搜索"文青圣地"，拉萨和丽江必定名列前茅，无论真伪文青统统爱往这两处跑，美其名曰为了寻求心灵净化，实际有很少人只是换身布衣长袍，戴上石木珠串，拍个照晒朋友圈，以示"身份"。恰好在我关注大冰的那段时间，他蓄起了小胡子，头发铲去两边，留下中间一片在脑后绑条小辫儿，一身行头均为文青"标配"。再加上他常年旅居于拉萨和丽江，我便自然怀疑他装腔作势，直到我跟他聊起被我误听成情歌的《陪我到可可西里去看海》——他给我讲了一个关于湘西王陈渠珍的故事。

"这歌和爱情基本没关系，而是因为陈渠珍的《艽野尘梦》才有了这首歌。"在大冰眼里，《艽野尘梦》是一本奇书，也是他拉萨情结的开端。清末民初时期，最后一代驻藏大臣叫赵尔丰，其帐下有一员大将名陈渠珍。陈渠珍为湘西人士，毕业于湖南武备学堂，少年得志，文治武功皆为人上人，非常了得，曾参加工布江达战役和波密战役。1911年10月，武昌起义爆发的消息传到西藏后，进藏川军中的哥老会组织积极响应。陈渠珍作为清朝武将，本身又为同盟会员，深知形势危殆，于是策动手下官兵百二十人，在冬季横穿羌塘。羌塘包括现在的可可西里的一部分，那里被称为死亡无人区，即便天气很好时，一般人也不敢涉足。陈渠珍一行取道羌塘，翻越唐古拉山入青海返回汉地，却因误入歧途，迷困荒漠，断粮挨饿，绝地辗转七个多月，历尽艰苦方到达汉地，全队仅七人生还。陪着陈渠珍一直走到最后的是他的妻子西原，西原原为藏族贵族家小姐，她很清楚陪着陈渠珍走羌塘必将放弃原有的生活习惯，还包括语言。然而为爱追随陈渠珍的西原一路相伴，省下自己的食物给陈渠珍吃，一到汉地油尽灯枯，病卒长安。原本身为一代武将的陈渠珍，最后却落魄得连给妻子买副棺材的钱都没有。

按常规来讲这个故事至此可以结束，可十年之后，陈渠珍在湖南湘西重新发迹，曾一度与阎锡山齐名，人称湘西王。在治理湘西时，陈渠珍颇重文教，办学校、兴实业，自己也笔耕不辍，闲暇之余写下《艽野尘梦》，叙述其从军进藏，直至西原病卒间的经历。陈渠珍有一个小书童，受他影响，从一个顽劣的坏小子变成一代文豪，这个人就是沈从义。

"其实像我们这批所谓的第二代、第三代'拉漂'，大部分人都看过《艽野尘梦》这本书。但凡读过此书都会对羌塘、陈渠珍，包括对陈渠珍的老家——湖南湘西的凤凰古城有特殊的感情。不仅仅因为他与西原的感情，更多的是崇拜他在大时代做的选择，不是一般人敢为之的。早年我读完《艽野尘梦》，去湘西打听陈渠珍，没人知道这个人，只知道沈从文，知道《边城》。我觉得该有人纪念他，所以写下《陪我到可可西里去看海》。"大冰说。

作家马丽华曾在《如意高地》这部小说里长篇累牍地记载《艽野尘梦》的故事，大冰选择用音乐作品来记录。音乐创作篇幅有限，只能用相对抽象又形而上的思维来表述，使得每个人都能轻而易举地代入。因此有人从歌里理解出爱情，也有人因正面临人生选择或急需塑造强大内心而从中品出不同的味道。

陪我到可可西里看一看海

不要未来　只要你来

陪我到可可西里看一看海

一直都在　你在不在

陪我到可可西里看一看海

我去划船　你来发呆

陪我到可可西里看一看海

姑娘啊你来不来

——大冰《陪我到可可西里去看海》

追寻《芄野尘梦》的脚步是大冰进藏的动机，而后十几年，从西藏到云南到天南海北，大冰认识了一帮过客凡人、游侠浪子、流浪歌手。这是很奇怪的一帮人，在大冰看来，这帮人获得幸福感的途径比我们一般人要多得多，于是连同《芄野尘梦》的故事一起，提笔将这些奇人异事一并记录下来，收入图书《他们最幸福》中。一开始《他们最幸福》被分类至旅行读物，在翻读两三个篇章后，出版社的编辑认定它该被分去文学类，虽然书中描述的是在路上的人和事，但并不是攻略，而是写了大家不知道却真实存在的故事。大冰曾把这本书的书稿给做影视的朋友看，朋友看完说要早知道有这样的故事，都不用费心找编剧了。

"有部电影叫《转山》，我吹个牛，咱这里面随便一个故事都比电影里的要深很多。"大冰很认真地说。

如果我们生活的世界被定性为主流，《他们最幸福》里描述的是一个亚文化的世界，是另一方江湖，在这片江湖里行走的每一个人都不用真名，全用外号。大冰说他是一个记性不太好的人，得先把隔得最久的人和事记录下来。《他们最幸福》只写了九个人的故事，可在他的写作计划里，要写的人有170多个，他从来不担心素材枯竭。其他人写书费脑子在于编撰，而他最快的时候一天能写15000多字，写书于他就是把存在脑子里的故事一股脑儿地往外倒。在《他们最幸福》之后，大冰又相继出版

了《乖，摸摸头》《阿弥陀佛么么哒》《好吗好的》，他以平均
一年一部的频率记述着江湖里的故事。

"我是跨界的，一方面在这个世界里跟你们相处融洽，在
那方江湖里我又是其中的一分子。我像一个传译者，给主流世界
的人讲江湖儿女的故事，给他们讲这个世界的对冲基金。"大冰说。

大冰几乎很少在书里描述他自己的事，只在剧情需要时作
为角色之一出现，他说他不想将自己塑造成别人幸福所以自己也
幸福的样子。有人觉得大冰装模作样，说话声音特别低沉，他说
如果他表现出礼貌性的热情，那才是假。"你想我都三十六七的
人了，怎么可能像个小孩那样欢欣雀跃。"

佛陀曾说："世界上有三样东西无法长久被隐藏：太阳、
月亮和真相。"年纪越长、阅历越丰的人反而越敢于坦然面对自
己的内心。

"我写书的主要原因……咱丽江不是有一酒吧吗，那酒吧
赔本赔了七八年，开始付不起房租了，得想个办法。去干一场商
演挣的钱当然也能用来付房租，但老觉得不是那么个事，干脆写
本书吧，把小屋里咱们的故事转化成经济效益。如果书卖得好，
也能再实现我这么多年来的心愿——环球旅行。我也想出家，体

验比丘（和尚）的生活。别把出家联想成这个人一定受了什么打击，不是的，真正最积极的人才会在信仰当中寻找出口。最最积极的人所为之奋斗的不是财色名食睡，不是名望也不是安全感，他们追求的是服务于灵魂的安宁。出家不过是选择一份职业，现在说为时尚早，怎么也得等我到四五十岁的时候，还有十来年呢。吃撑了才会吐，拿不动了才会放下，我现在拿得还不够多。"大冰的坦诚反倒令当时的我有些猝不及防。

说来挺有意思，大冰其实是美术专业科班出身，玩音乐他不识简谱，写文字也没受过专业训练，或许情感是相通的。我很羡慕大冰不是非得给自己架在什么高度上。一开始他的动机很简单，从小画画，常背着画板出去写生。大学学风景油画专业，满世界跑了很多地方去写生，渐渐上瘾，接着一路背着乐器卖唱，能卖唱就不用带路费。再后来在喜欢的地方做些事情，喜欢拉萨，2003 年就在拉萨开了间酒吧；喜欢丽江，也在那开间酒吧。喜欢在别处，大冰认为既然喜欢就在那做些事。

　　我选择在今天走开

　　去开个花店发呆人间蒸发

　　我选择十分钟后起飞从

　　21 楼呼扇翅膀腾挪到永恒

　　我想去给别人唱歌

编一个凄美的故事

唱给一个陌生人听

唱卡萨布兰卡

唱乌兰巴托的夜

唱流浪歌手的情人

唱 oh Susanna

——大冰《流浪歌手的愚人节》

听大冰的歌、读他写的书的人不免有疑问："为什么我们整天围着工作转，他却能四处行走？为什么我们整天把工作放在第一位，而他却能把工作和兴趣放在同等水平？"或许这归结于各自内心的取舍与平衡。大冰这么多年只做一档节目，为他生活社交玩耍留出更多的时间。他说他是一个运气很好的人，老天爷赏了一口饭吃，让他有基本的温饱；给了他相对健康的体魄，让他能游走四方；同时又给了他善缘，让他游走四方的同时能结识各色朋友。他享受每到一个地方都有当地朋友接待的感觉，在他看来，这远比在办公室里想找朋友吃饭，翻半天电话本硬生生地约个人出来要好得多。

如今，大冰身上的身份标签越来越多，除了已是畅销书作家，大冰还在山东大学担任研究生导师。他曾做过一场讲座，名为《亚文化下成长方式的田野调查》。"在我看来，这是一个人种退化

好妹妹乐队

二手玫瑰主唱梁龙（左）

左图：民谣诗人马頔（右）
右图：深圳草莓音乐节后台的张蔷（右）

彝族小伙儿莫西子诗（左）

的时代，我们被经济社会和物质氛围侵蚀，我们的价值观的建立途径太单元。一个健全文明的时代应该价值观多元，任何文化都有存在的合理性。而对于身处主流文化的大部分人而言，大家甚至不知道有这样的文化生态圈，有这么一群人存在。我希望能用自己的方式推动大家走出去看看不同的人，经历原本认知里无从想象的事，这才是年轻人该做的。"

匠人，旧指手艺工人，在某一项工作上兢兢业业数十载，日复一日重复某一个动作，以求达到该领域的最佳手艺，这个过程无须太多思考。近两年，"匠人"及"匠人精神"被运用得几近泛滥，或许其本意是鼓励人们在这个浮躁的时代，沉下心来钻研一门学问或一门技艺。可现实是，时代发展的速率并不会应人心而放缓，倘若人人都做"匠人"，那么太多的年轻人将会跟四五十岁的中年人一样老气横秋。"年轻人本该经历年轻该做的事。让年轻人看到多元文化的存在，那就先从个人出发吧。"大冰说。

随文最后，我需诚恳地向大冰致歉。两年前，我俩在丽江大冰的小屋门口难得相见，当日他盛情邀请我第二天参加他与其他音乐人的聚会，我却临时爽约，心中一直歉疚。想及在他发行《乖，摸摸头》时，曾寄书给我，说："你曾帮过我，我必须记得你。"这份信任我一直存记至今，他日若再相见，必当把酒相谈，不醉不归。

二手玫瑰，有超前互联网思维的东北乐队

　　有人说 2016 年是中国网络直播元年，也有人说是网络短视频元年，伴着这两种形式还诞生了 2016 年的最火职业——网红。网红，即网络红人，百度百科给出的定义是在现实或者网络生活中因为某个事件或者某个行为而被网民关注从而走红的人。他们的走红皆因为自身的某种特质在网络作用下被放大，与网民的审美、审丑、娱乐、刺激、偷窥、臆想以及看客等心理相契合，有意或无意间受到网络世界的追捧。简而言之，想要成为网红，必须豁得出去。别看当今互联网上"奇葩"辈出，倘若时光倒流十年，在舞台上看到一群男人光着膀子只穿一件红肚兜，主唱甚至只穿一条平角内裤，还粘对假睫毛，抹上大红唇，浓妆艳抹地站在台上玩摇滚，猛烈的音墙轰轰地推着，一开口竟是满嘴东北大碴子味儿。怎么样？符合网红条件吧？可他们在十年前就敢如此标新立异，只能说他们太有超前的互联网思维了。这支乐队叫二手玫瑰，来自东北。

"与其说我创造了二手玫瑰，倒不如说农村的那段生活造就了我。"坐在港岛某高级酒店大堂，二手玫瑰主唱梁龙跟我谈起当年他组建二手玫瑰乐队的经历。梁龙是黑龙江齐齐哈尔人，从小喜欢摇滚乐。和大多数当年听摇滚乐的年轻人一样，梁龙也一度以为摇滚乐就是要躁，在猛烈音墙的推进下，颓靡又愤怒地唱着带有哲学思考的歌词。受 Nirvana（美国的一支摇滚乐队）和 Pink Floyd（平克·弗洛伊德）的影响，少时的梁龙也尝试用布鲁斯等西洋音乐元素做摇滚乐，并一心想离开东北去北漂，他以为北京才是能让他施展才华的地方。

于是在 1998 年到 1999 年间，生活困顿的梁龙凑上几百元钱斗志昂扬地加入北漂大军，还往返了两次。第一次因为东北爷们儿爱面子，不愿意在酒吧演出，总觉得一旦在酒吧演了就掉价了，结果别说生活，连生存都很困难，只好卷铺盖回家。第二次学老实了点，稍稍向现实低下了骄傲的头颅，做做餐厅伴唱，每周挣个一百来块钱，租住在地下二层的地下室里清贫度日。可那并不是梁龙想要的生活，他的梦想是组乐队玩音乐，玩自己的音乐。可是话好说，事难做。什么是自己的路？哪条是自己的路？当时的条件显然并不能让梁龙如愿以偿，负面情绪日积月累，梁龙感觉那阵子他从内到外都是空的，不知道自己究竟要干什么，他第一次觉得自己完了。在走投无路的情况下，梁龙再一次回到哈尔滨，隔了一周便去农村投靠一位叫苏永生的农民，在他家蹭吃蹭住，赖活着。

　　"那时候的我从内到外一无所有，相反那种状态下才最能吸纳东西。曾经的我好高骛远，认为摇滚乐是神圣不可侵犯的，很多大道理在脑子里堆来堆去，读尼采，读《垮掉的一代》，觉得自己一会儿是个哲学家，一会儿是个神经病。但那段日子的瓶颈真正激发了我的创作潜力，那时候是 1999 年。"梁龙回忆道。

　　在农村生活的日子里，梁龙每天的工作就是去地里干活，为了谋生去干婚丧嫁娶的活儿。也正是这段日子，让梁龙沉下心来审视自己。

　　"我们第一张专辑没想过跟二人转做结合，可能我自己是东北人从小耳濡目染的关系，另外在我创建二手玫瑰的时候是在农村，那时是我们最走投无路的时候。也正因为在瓶颈下，在农村的生活帮助我们创造出了如此本土化的内容。现在外界有时会简单地将二手玫瑰定义成一支二人转乐队，但我清楚我们的音乐比二人转要沉重得多，而乐队成员们现在的生活状态要比以往轻松得多。"梁龙说。

　　　　我被活活地逼成了个工人
　　　　我被活活地逼成了个商人

我被活活地逼成了个诗人

我被活活地逼成了个废人呐

——二手玫瑰《允许部分艺术家先富起来》

二手玫瑰乐队的成功绝不仅仅只靠音乐，能脱颖而出离不开他们的装束。1999 年，二手玫瑰参加哈尔滨举办的第二届摇滚节，那是乐队的第一次登台。不知道哪来的想法，梁龙鬼使神差地化了个妆上台，意外地发现在化了妆的状态下竟更能自如地演绎自己，也能更精确地表达他们的音乐，第三次到北京之后便把装束保留下来，直到现在。

梁龙认为："一个乐队也好，艺术品也好，一定是有争议的。有人觉得太夸张，有人觉得还穿得多了，有人觉得还不够有艺术的张力。不用去平衡每一个人的标准，因为所有的东西都是仁者见仁智者见智，你认为你所看到的是什么就是什么，不用寻求统一。"

无论出于何种原因，独树一帜的装束的确让二手玫瑰很快被大众记住。从当今互联网思维来看，大胆、出位、有特色，还是摇滚圈第一支这么做的乐队——光这几点就足以让二手玫瑰声名大噪。梁龙有次在演出时说："有人是脱了之后成名的，我们是成名之后才脱的。"

　　当然网红也分好几类，有的靠好歌声走红，有的靠表情包走红，也有的靠说段子。舞台上的梁龙也是个不折不扣的段子手，网上甚至还流传着一份梁龙的经典语录，把他这十几年在演出时说的有意思的话全记了下来。比如 2003 年，二手玫瑰第一次在北京展览馆开专场演出，当晚演出时梁龙随口说了句："如果全世界人都在卖，拉登你往哪逃。"搞笑的是在他说完这句话还不到一个小时，萨达姆就被美军逮住了。第二天梁龙接到一个电话问他拉登在哪，他哭笑不得地说不知道。梁龙坦言，很多是现场即兴的说辞，北方叫砸挂，这也是一种态度的表现。舞台上的段子有些是临时想的，有些是之前想好慢慢被保留下来的。

　　"俗不怕，我们乐队打的牌就是中国最艳俗的乐队。那时没人敢俗，所有的摇滚乐队都是耍酷型，站在台上一句话不说，我们一上台就开所有人的玩笑，谁火灭谁，连崔健也不放过。"梁龙笑说。

　　这可不是戏言，梁龙这种敢说的态度不仅仅表现在舞台上，近几年在接受采访时，他也常爆出惊人回答，劲爆程度恐怕连标题党都自叹不如。去台湾巡演时，有台湾记者问梁龙怎么评价五月天乐团，梁龙直接回答不在探讨范围之内。台湾记者瞬间傻眼，回说："你好胆大呀，他们可是台湾之光耶。"梁龙评价五月天为成功的商业包装下的偶像团体，如果是要以五月天的例子谈谈商业经营模式那可以谈，但要谈音乐，梁龙觉得对五月天的音乐无话可谈。他认为五月天在台湾是一种现象，跟音乐没什么关系。且不说梁龙言辞犀利，光他这份不怕"招黑"的心理素质，就足以在充斥着网络暴力的时代阔步前行。

梁龙直言："我认为所有的形式都是一种表达方法，电影、音乐、装置艺术都是故事的表达，相反也一样，没有故事再好的手法都无济于事。"

> 我们了解娱乐界　我们去影响那娱乐界
> 谁该普法娱乐界　管谁去整垮这娱乐界
> ——二手玫瑰《娱乐江湖》

二手玫瑰乐队一共更换过两次成员，主唱梁龙跟吉他手姚澜在排练室相识，后经姚澜介绍认识现在的贝斯手李自强和鼓手孙权，后者跟梁龙是老乡，同是齐齐哈尔人。除主唱梁龙外，乐队里唯一一位没更换的成员叫吴泽琨，担当民乐演奏，两人合作至今已经18年。乐队的打击乐手是一位荷兰小伙儿——要不怎么说二手玫瑰极具网红潜质呢，这无疑为这支东北特色的摇滚乐队增添了话题。

荷兰小伙儿叫雨龙，在北京读大学时，因为毕业论文要写关于亚洲音乐的几个代表人物，他最初设定的研究对象是舌头乐队、二手玫瑰乐队和王菲，后来把舌头乐队换成了小河。在雨龙眼里，这三组音乐人分别代表了中国音乐文化的三个面向。为了写论文，雨龙有段时间经常跟二手玫瑰待在一起，了解他们的生活、他们的音乐。后来雨龙回荷兰做文化交流，把他认为中国不错的乐队请去表演，也包括二手玫瑰。可从那之后双方失联了两三年，直到雨龙和他太太到北京工作，大家才又重新聚到一起。一次机缘巧合，梁龙在左小祖咒那知道雨龙是学打击乐的，便邀请他加入了乐队。

外国人普遍对中国民乐感兴趣，梁龙认为其实很简单：不知道就是好的，或者不知道就是好玩的。就像我们小时候听欧美音乐、港台音乐一样，人家是制定规则的人，我们是听从的人，所以你会认为这些你不了解不熟悉的都是好的，本质是因为新鲜。二手玫瑰曾出过一张 EP（extended play，迷你专辑）叫《人人有颗主唱的心》，每位乐手自选一首歌来独唱，有意思的是里面大部分是从 60 后到 90 后皆会唱的港台流行歌曲。

"因为我们的华语流行音乐启蒙就是港台流行音乐。这种能跨越 40 年文化的作品是很可怕的，现在的流行音乐娱乐性太强，很快翻篇了，哪里还有代代流传的经典。"梁龙说。

　　梁龙分析早年的港台流行音乐之所以能够影响那么多人，是因为它打破了原有的音乐格局，开启了独树一帜的新篇章。那时的流行歌曲可以传唱几十年，不像现在的流行音乐成了快消文化。在梁龙看来，做音乐必须要有原创性。他清楚地认识到自己的音乐是小众文化，但要尽量往大众文化的方向去做。他认为二手玫瑰是艺术品，一支乐队创造商业价值并不难，但要创造文化价值才是意义所在。

　　每个人做音乐的理念不一样，如今的梁龙希望二手玫瑰是一支能玩到老的团体，像英国的 The Rolling Stones（滚石乐队）一样，这是梁龙的信仰和他对乐队的诠释方式。他认为乐队就应该是一个整体，而不是个人的英雄主义，有的乐迷喜欢李自强，有的喜欢姚澜，每个人都有自己的个人喜好，但他们必须认同二手玫瑰这个整体。

　　其实，二手玫瑰最难打入的市场不在内地，而是香港。在内地，大众对于东北特色都一点也不陌生，尤其每年在春晚的熏陶下，东北系小品和二人转早已成为家喻户晓的喜剧文化。可香港跟东北的文化差异人大，语言也不同，加上香港又是全球多元文化交汇的地方，它能否接纳二手玫瑰的音乐曾在我心里打了个问号。2013 年 10 月，二手玫瑰将他们的音乐大篷车开到香港观塘，在工厂大厦区的一间小型 live house（小型展演场馆）——

Hidden Agenda 展开他们的首次香港专场演出。那天的演出全场爆满，有三分之一的外国观众，至于剩下的中国人中有多少是香港人我不得而知，因为当梁龙在台上问候香港的朋友时，前排的观众高呼："铁岭的！"

提到东北，你最先想到的颜色是什么？不出意外的话，该是大红配大绿吧。有人觉得这种配色土，可有人认为这种配色是艺术，如今红配绿还是二手玫瑰的代表色。这几年去国内的摇滚音乐节，但凡有二手玫瑰到场，必能见到穿着红配绿大花布的年轻人前来支持，可见二手玫瑰已然开始引领时尚。倘若有一天，在香港的音乐节也能看到香港乐迷穿上红配绿的大裤衩，那二手玫瑰的音乐该离传唱百年不远了吧。即便退一步，也能如 The Rolling Stones 那样，一张专辑卖上几十年都依然畅销。

无厘头好妹妹的怀旧情结

　　我一直认为，要真正了解一个人的隐藏性格，不是灌他喝酒，而是带他去 KTV。看看他点的歌，大概就能猜个半真。首先看他点的歌曲的发行年代，就能了解他的真实年龄区域；再看看歌曲的风格，就能猜他是忧郁还是开朗，抑或是闷骚。哪怕开头还扭扭捏捏半推半就，歌过半巡，保管解放天性。举个例子，你听好妹妹乐队的歌，除了儿歌，他们的风格往往文艺气息浓郁，浓郁到有些忧郁甚至丧气，然后听众多会理所当然地以为他们是两个思想深刻的诗人。呵，你猜，他们在 KTV 会点谁的歌？答案是，《无言的结局》《把根留住》《舞女泪》，还连唱带跳蔡依林的《舞娘》。哦，还有包括凤凰传奇在内的一系列歌手的网络金曲。我跟好妹妹乐队的第二次专访是在香港的电台录音室，无意间聊起凤凰传奇，他们还担心香港的听众不知道，连说带唱地一顿介绍。我说："我香港的家楼下大妈跳广场舞用的就是凤凰传奇的歌。"秦昊和张小厚瞬间惊呆，秦昊表情一沉，撒着娇说：

"啊？他们都红到香港了？我们输了！我们要加油！"小厚说："你去变性做玲花，我就在旁边唱'yoyo，是谁在唱歌？It's me（是我）。"嬉笑间我打趣道："你们怎么不出一张 KTV 翻唱专辑？"他们立刻拒绝说："还是要维持文艺的形象。"

好妹妹乐队并没有其他独立乐队的绝对原创坚持，相反，他们很愿意翻唱，只不过对翻唱的歌单有小小的心机。"初出道时写歌还很少，演出的时候几乎一半的歌都是翻唱，没想到反响很好，能勾起很多同龄人的回忆。有一些 90 后在之前没听过这些歌，反而是听好妹妹乐队的翻唱而喜欢上这些歌，这给了我们出翻唱专辑的动力，让好妹妹的听众通过我们的改编重拾父母那辈的经典。"小厚说。于是他们决定干脆出一张纯翻唱专辑《说时依旧》，他们的想法也很"纯粹"：已经出到第四张专辑，都是老歌手了，发一张翻唱也无妨啊。

秦昊和张小厚心眼挺多，翻唱的歌的确是经典，却故意不挑大众耳熟能详的作品，而是挑选"B 面第一首"（专辑中非主打歌里的重点推荐），理由是因为唱大热金曲很容易被比较，经典太难超越。"这是音乐人跟市场的一种妥协，中国现在的网络环境很暴力，干脆选一些你也没听过的，也就无从吐槽。"小厚说。

在《说时依旧》这张专辑里，我跟好妹妹乐队一致把"最佳歌曲"票投给了《松林的低语》。《松林的低语》是 1977 年琼瑶的电影

《我是一片云》的插曲，由凤飞飞演唱。听过这首歌的人并不多，秦昊和张小厚小时候也没听过，他们第一次听是在凤飞飞出道35周年的台北演唱会上，《松林的低语》被重新改编，全新的编曲一下子抓住了两人的耳朵且让两人深深着迷，且随即做出一系列任性的举动来表达对这首歌的喜爱。好妹妹乐队第一场演唱会的返场唱的就是《松林的低语》，还在发完第一张唱片没多久之后，他们又找了摄影师去东北的雪地里拍了这首歌的MV。先有MV再在几年后认真录唱歌曲，这样的节奏不得不说——很"好妹妹乐队"。秦昊和张小厚的相处模式就是正经不过三秒，才刚把人拉入美好的画面想象，他们又会突然跳脱，随即开启吐槽模式。"那时候我还很胖，你很瘦。现在我瘦了，你胖了。"小厚说。秦昊则不假思索地回呛："现在我胖了，你更胖了。"

严格地说，秦昊和张小厚的吐槽风格不能定义为毒舌，应该被称为诚实，比如我问他们为什么我们会成为朋友，原以为他们多少会冠冕堂皇地说些类似"因为你节目做得好"之类的理由，没想到他们说："因为你颜值高。"好吧，很有趣的逻辑，说得我无从反驳。如果有机会，一定要去看看他们的演出现场，同样有趣。特别是音乐节或户外大型演唱会这种场合，他们的歌单绝对会让你又惊又喜，全场大合唱《走过咖啡屋》《摇太阳》也不是没可能，保管让台下的观众跟着扭动，特别兴奋。秦昊和张小厚把自己的演出风格与孙悦类比。"大家都会经过一个清纯的年代，然后找到真正的自己，国外代表是 Lady Gaga（嘎嘎小姐），国内的代表就是孙悦。每个人身体里都流动着一股躁动的血液，哪怕你一开始唱《祝你平安》，总有一天你会解放自己，选择唱《魅力无限》。演出就该让所有人都能参与其中，又唱又跳又说，开开心心。"小厚说。

别看好妹妹乐队平时谈笑风生，有料有梗，在专辑里所呈现的却完全是另一面，郁郁寡欢的。他们也总结，这或许跟他们的性格有关，白天人多的时候他们可以谈天说地显得风趣幽默，每当夜深人静就会变得比别人想象的更忧郁，心里藏着好多好多事。所以深夜也是他们情感最泛滥的时候，时不时在朋友圈或微博写写煽情的酸文。秦昊曾有一个时期都在那个忧郁的状态里，以至于别人见到他都忍不住试探地问"你们怎么了？分手了吗？"秦昊说："唱歌对我们而言就是可以用很冠冕堂皇的理由，把自己平时不好意思展现出来的东西，用作品的方式呈现。"在录音室这样一个全密闭的环境里，秦昊会把灯全都关掉。

相比秦昊的自我封闭，张小厚更愿意抒发，喜欢把当下的感想和经历用文字记录下来，哪怕是篇流水账。在他看来，有瑕疵也是一种真实的记录。我在他的朋友圈看过一篇他写的《无锡往事》。无锡是张小厚生活了三年的地方，也是好妹妹乐队成立的地方。在搬离无锡后的很多年，即便演出在无锡，他们也从未回过当初生活的小区。人都会有这样的经验，离开一个曾经生活多年的地方，无论是城市还是曾经住过的某一间公寓，当时隔几年有一天要再回去看看的时候，你总会有各种设想，回想它曾经的模样，又假想如今可能有的变化，而现实往往物是人非，变的只是这些年的自己。

　　回去的那天，小厚去了当年的理发店，去吃旁边的小笼包，经过那些年天天路过的菜场、浴室、幼儿园……里面的一切都没有变。从离开无锡到再回去当年生活的小区，时隔三年。再重新身处其中，小厚忽然有种时空穿越的感觉，以为自己刚下班，好像中间三年的回忆消失了。那个下午，小厚和几个朋友在太湖边小聚，望着湖面回想那几年的无锡往事，未必全是开心的回忆，却记录了青春时对自我的思索，对未来的彷徨，以及试图改变世界的勇气，这段经历在他生命里有着重要的意义。
　　无锡往事是两人都最不喜欢的一段经历，那时的他们困顿、迷茫，没有朋友。那时的张小厚全部的生活就是白天在一个格子间里上网画图，晚上下班回家睡觉，这样两点一线的生活过了很久。人会很容易习惯某一种生活状态，一旦麻醉在里面很难做出改变。小厚又是懒得做出改变的人，没想到最后浇醒他的竟是盖浇饭。

　　张小厚家楼下有家快餐店。差不多有一个月的时间，他回家前都会在楼下买一碗蘑菇牛肉盖浇饭，孜然味的。某天下班回家，他习惯性地走进店里，照例点了一份蘑菇牛肉盖浇饭，在拿到饭的那一刻他突然意识到，这已经是他连续第 27 天吃这个饭了。天哪，简直太无聊了，生活毫无追求、毫无品质！于是一怒之下，张小厚把蘑菇牛肉盖浇饭扔进了垃圾桶，从此之后无论在任何地方都没再点过这道餐。我问他，不吃蘑菇牛肉盖浇饭了之后吃什么？以为他会有所觉悟，每天自己做饭或变着花样吃些好的，怎知他回答：吃土豆牛肉盖浇饭。当然这只是句玩笑话。自那之后，小厚开始主动交朋友，周末和朋友出去玩摄影，走遍无锡郊区的巷弄。后来有了秦昊的加入，生活变得多姿多彩。那时的秦昊想考研，就搬去了无锡，去小厚家蹭吃蹭住。他家阳台的采光很好，秦昊每天在阳台画画，小厚就在旁边晾衣服。他们的第一场演出的策划，也是源自在阳台晾衣服时的突发奇想。

如今的好妹妹乐队已经在全国各地连开数场万人演唱会，且场场爆满。我没问他们当年刚组队的时候是否想过会有这样的成绩，每个歌手应该都做过这样的梦，只是当年更多的是把它当成玩笑，毕竟能成真的寥寥。现在，我想也不必问他们成功之后的变化。因为我知道，无论过去多久，提起那些年经历的事、遇见的人，秦昊和张小厚都会"说时依旧"。

谁说民谣诗人不可嫁

"你在南方的艳阳里大雪纷飞，我在北方的寒夜里四季如春……"一个留着圆寸头的少年，抱着吉他在台上自弹自唱，诗一般的词句，配上少年满是怅惘与悲戚的歌声，叫台下的听者无不陷入深深的回忆。少年的眼角微微向下，闭目浅唱的那一刻，融化了无数少女的心。少年名叫马頔，生于80年代末，凭一首《南山南》被大众熟知。

或许是受到"生活不只眼前的苟且，还有诗和远方"的感召，近几年，民谣音乐突然大热，特别是在宋冬野的《董小姐》之后，带火了好些个独立民谣音乐人，这其中的代表当数麻油叶厂牌，包括宋冬野、尧十三还有马頔。麻油叶这个名字看起来有些摸不着头脑，其实就是将马頔的名字拆开再取个谐音。关于"麻油叶"这三个字倒是有个笑话，马頔是北京人，说话发音比较懒，起初我听他说"麻油叶"的时候，总听成"毛爷爷"。我认识马頔的时候，《南山南》还没成为"世界金曲"，不像现在随便问十个人马頔是谁，保管有八个都会恍然大悟地表示："哦，就是唱《南山南》那个啊！这我知道。"大概也就三年前，那时的马頔常在音乐节给宋冬野弹吉他唱和声，知道他的人寥寥。有一个画面让我印象特别深刻，是在2014年的北京草莓音乐节。

宋冬野演出刚结束，所有的媒体记者都蜂拥而上争着采访他，同场表演的马頔却自己一个人默默地拎着吉他从旁边走过，那画面简直就是一群人的狂欢和一个人的孤单。我冲他喊："马頔！"他停下来看着我，微笑着点头示意后便准备继续往前走。我赶忙上去拦下他："马頔，做个专访吧。"他有些困惑地看着我，我猜他当时一定在想："这姑娘认错人了吧，宋冬野在那边。"我说："我们几个月前在台湾的摇滚办桌音乐节见过，还聊过几句。"这才终于唤醒了他的记忆，于是我们交换了微信约定时间专访。正所谓无所图也就无所防备，他没把我当作抢话题搏版面的记者，我也没视他作明星偶像。又正巧我俩同岁，两个人且坐着胡侃瞎聊，聊着聊着就自然聊到了感情。

马頔的爱情来得突然，行得稳当，也让我对他这类常被视为不靠谱的文艺男青年有了极大的改观。

"能遇上这么一个姑娘特别不容易，年纪小的时候家庭观念特别淡薄，突然遇上一个人就觉得对了，鬼使神差地就想更进一步。你会想一个问题就是她会不会陪你走一辈子，我觉得她会。"说这段话时的马顿眼神很坚定。

两人相识于马顿的一场演出，那天现场来了十几个人，马顿一眼就看到了她，用马顿的话说就是她比较醒目。看着喜欢是一段关系开始的第一步，接下来自然得想办法互相认识。怎样搭讪才不显得唐突？只能说老天早就给命中注定的两人埋下了伏笔，只待相遇那一天。马顿和她都抽烟，巧的是，连牌子都一样，于是自然而然拿烟做借口，开启了对话。当天晚上一块儿吃饭，她说起跟她朋友来北京没地方住，马顿顺势借出家里的空房。碍于当时男女双方都不是单身，虽意图明显，可底线尚存，直到一年之后两人都恢复单身状态，才正式走到一起成为恋人。那年他24，她22。

我们在二十出头的年纪，大都经历过失败的或成功的感情。所谓成功，无非也就是恋情稳定，以结婚为目的继续谈着恋爱，鲜少决定组建一个家庭，无论出于现实情况，还是心理状态。在爱上这个女生前，马顿也从未想过结婚，他说："这个女人让我有这个冲动。"马顿和她在一起一年多就决定结婚，没有仪式，只是在吃盖饭的时候，马顿说："结婚吧。"她说："好啊。"

在当下这个社会的普世价值观里，人们总会为结婚提出一些物质上的前置条件，比如是否有车有房，如果是北京人，还会问问有没有北京户口。别看如今的马頔演出不断，人气爆棚，在两人决定结婚的那年，马頔刚刚被公司开除，被迫成为专职歌手。在那之前，他干过推销员、电话销售、卖场的搬运工，在国企也干过，最后一份工作是在广告公司写文案。有些积蓄，但是要结婚还是底气不足。我见过马頔的女友，瘦瘦高高，长得很干净。他俩在一起并不像马頔歌里唱得那样郁郁寡欢，也没有整天互诉情话，反而特别像中学生谈恋爱，以相互欺负来表示喜爱，男生欺负女生更多一些。马頔解释人都有两面性，平时他就是嘻嘻哈哈，特别开心的人。人不可能永远处在单一的状态，他需要平衡生活就需要做音乐，来阻止自己继续狂喜下去。

音乐人最擅长也最有把握的求婚方式，莫过于写歌。马頔就是。他写了首用女友的名字命名的歌，还坦荡地收进专辑，公之于众，这首歌叫《傲寒》。

只担心你的未来与我无关

如果全世界都对你恶语相加

我就对你说上一世情话

还有我们的故事

自始无终

很奇怪，作为民谣音乐人中的偶像代表，马頔拥有众多迷妹，可歌迷们并没有因为马頔即将结婚而痛心疾首，反而祝福满满，甚至在马頔的演出现场，《傲寒》的受欢迎程度还高过《南山南》。或许是歌里的情深意切，又或许是文艺男青年的安定恋家，满足了大众对于美好爱情的想象，不谈物质，只顾情怀，坚信只要和爱的人在一起就能创造出想要的生活。

马頔觉得自己是个惰性比较强的人，没有专性，哪怕是被大众认可的歌手身份，他也不认为会从事一辈子。他唯一有专性的事，就是和这个叫傲寒的女人携手生活。在《傲寒》之前，马頔写过最满意的一首歌，还是写给她的：《孤鸟的歌》。

总有一天我会变成一只不再垂涎自由的鸟
在你的笼子里陪着你衰老
就算孤岛已没有四季　也没人提及你的美丽
我还是要飞去那里

♫扫一扫，收听有声版

莫西子诗：黑夜不要走有光的路

　　"不是你亲手点燃的，那就不能叫作火焰。不是你亲手摸过的，那就不能叫作宝石……"2014 年，在首季《中国好歌曲》的舞台上，一个戴着眼镜、身材瘦小、衣着质朴的男子，抱着把吉他坐在舞台中间，没有其他乐器的补充，只他一人低头闭眼，仿佛用尽全身力气般深情地唱着《要死就一定要死在你手里》。四位评委或皱眉，或托腮，身体纷纷前倾，一手抓着面前的推杆，显然被这个充满力量的声音吸引。这个男人叫莫西子诗，来自四川大凉山，一个彝族小伙儿。

　　莫西子诗这个名字听起来颇有诗意，在彝语里，"莫"代表军队，"西"代表主人，将两字简单相连，直译为军队的主人。这种将职业当作姓氏的风俗跟日本有些类似，比如在日本，倘若有人姓佐藤，那么很可能他们的祖先曾在藤原家中担任过左卫门尉。莫西子诗说姓莫西很可能表示他的祖先是山寨王的军师。另外"子"代表太阳，"诗"代表光，连在一起则有阳光、光明的意向，听起来有种很有希望的感觉。莫西子诗特别谦虚，听我这么评价，他笑着说希望倒没有，不过有趣的是他所到之处必是晴天，即便那地方前几天都阴雨绵绵。这项"特异功能"他到现在都想不通，觉得自己太神奇，可说出来又觉得太夸张，直到现在他都无法解释这种能改变天象的技能是否真和自己的名字有关。

有少数民族的地方，总有许多有关神怪的传说。彝族人信奉山神，在四川凉山有座螺髻山，山顶终年积雪，在山顶却有一片湖泊，当地人称它为海子。关于这片湖泊也有个与天象有关的传说，如果前去游览的人不先敬它就直接去摸，天就会下雨，非常灵验。螺髻山也因此被当地人奉为神山。我们有句俗语："水至清则无鱼。"而在彝族这句话正好相反，他们相信："水至清则有鱼。"螺髻山顶的海子，水清澈见底，当地人相信那是美好的象征，水越清澈，生物越能在其中自由自在地繁衍。人类生存的环境也是，人心越清澈，生活才会越安然。且不论科学与否，在彝族人心里，这是他们质朴的信仰，诚如我们说树大招风，他们说树大招神。

对于在城市里逐渐被磨平棱角的我们来说，一方面很欣喜在如今竟还有这般淳朴善良的念头，可另一方面却也不免隐隐地担忧。毕竟当他们走出大山，走入城市，无论生活是否有意，他们从小坚信的价值观极有可能被颠覆。到那时，他们又该如何选择？

从小，莫西子诗就跟着亲戚下地插秧，上山玩耍。每天做得最多的事就是和五谷杂粮待着，和土地接触，晒晒太阳，发发呆，随处走走。若能再吃上一碗母亲做的酸菜豆花，便是一天中最幸福的事，手边若再有盆蔬菜，光蘸着辣椒和盐，加上点醋就更满足。大学毕业后，莫西子诗走出大凉山去了上海。因为自修过两年日语，他在上海找了份日语翻译的工作，做了一年后辞职离开。离开了上海该去哪里呢？那时的莫西子诗除了上海只知道北京，那是书里常提及的两大城市。而北京又是首都，他一直想去看看。既然不知道下一站该去哪里，不如就去北京吧，莫西子诗想。

"我就好比贝尔在《荒野求生》里，能很快适应各种环境。既然我的能力还不够改变现状，那就先学着适应，在这个过程里不迷失自我。"莫西子诗说。

刚到北京，没有工作，生活的压力让莫西子诗来不及去思考城市与家乡的差异，更来不及去转变价值观，无论是转变自己的还是改变别人的。唯一改变的是他的名字。

"我走出大凉山之后就改了个汉族名字，叫莫春林，只有家里人叫我时才叫我的彝族名字莫西子诗。到了北京之后，周围的人听我的口音不像当地人，就总问我是哪里人，是少数民族吗，叫什么名字，等等。然而当他们听说我叫莫春林这样一个汉族名字时显然很失望，会问我为什么我没有自己的语言，没有自己的名字。这对当时的我来说有很大的冲击。"莫西子诗回忆道。

2008年，初到北京不久的莫西子诗找了份导游的工作，闲时爱读读诗消磨时光。一次偶然，他读到诗人俞心焦写的《要死就一定要死在你手里》，边读边顺手弹唱了起来，没想到越唱越有感觉，很快将词谱上曲作成歌。正好做导游的那段时间，莫西子诗认识了一位来实习的日本姑娘，他把一束杂草当作鲜花送给佳人。没想日本姑娘非但没嫌弃，反而被他的真挚和淳朴所打动，互生好感的两人顺理成章地走在一起。只可惜半年之后，姑娘便回了日本，从此两人相隔两地，一谈就是六年。《要死就一定要死在你手里》正好唱出了初分别时，莫西子诗对女友的深深思念。

莫西子诗是个不善言辞的人，在公开场合也不太愿意过多地谈论感情，既避免炒作之嫌，同时也是对女友的保护。他把对女友的爱都写进了歌里。在《原野》专辑里收录了一首《月亮与海》。

（歌词大意）

月亮落下来

静静地

照在海面

风儿又吹起

> 那年的故事
>
> 这里
>
> 走过多少人
>
> 你却不在
>
> ——莫西子诗《月亮与海》

　　莫西子诗认为："海把两个人隔开，月亮又连接了两个人，尽管我们分处不同的地方，但当我们抬头，看到的是同一轮月亮。我们那时异地恋，彼此联系只能靠通书信，可我们知道哪怕处在两个世界，我也能感受到对方是住在我心里的。"

　　一段异地恋坚持了六年，期间两人每年只见一两次面，这样的恋爱节奏放在当今年轻人的恋爱观里显然很难被接受。莫西子诗说因为他很珍惜身边遇到的美好的人和事，好比"知了只叫三天"。"知了只叫三天"是彝族的一句谚语。因为知了的鸣叫很短暂，说这句谚语的人借知了只叫三天比喻任何美好却短暂的状态，希望人们都能珍惜身边遇到的美好的人和事。《知了只叫三天》也被莫西子诗唱成了歌，这首歌全用彝族语言演唱，翻译过来是："你和我，相遇难，相知也难。忧伤和快乐那么短暂，就像知了只叫三天。"在香港的专场演出上，莫西子诗开场便唱了这首歌。

"来香港前我想象着香港的样子，想象着可能结交的志同道合的朋友，想象着一切可能发生的美好，可实际短暂又匆忙的三天之行让我意识到所有的想象都成了泡影。"莫西子诗说。

《中国好歌曲》热播之后，莫西子诗的演出变多了，生活节奏变得忙碌，隔三岔五就得飞去一座城市演出。莫西子诗有他自己的打算，他说现在正是他该打拼的时候，这样的忙碌应该要适应。如今的莫西子诗总说再回不去自己的家乡了，他说回不去是一种心理状态。故乡这个词是内心的一种向往，尽管亲戚朋友们依然生活在那里，可如今一提到故乡都是小时候的场景，回不去的不是家乡，而是小时候的故事。

（歌词大意）

那黑夜的鬼

要让你走

白的路

黑的路

千万别走白的路

要走

就走那黑的路

——莫西子诗《山魈》

"我小时候喜欢做梦，经常在梦里飞来飞去，脚轻轻一蹬就能飞过山，不停地往上，可是醒来就飞不了了。小孩子的时候就特别气馁，去问妈妈，妈妈说傻瓜，那是因为你在长个子。当时我就觉得很生气，怪妈妈不该说破。刚要走，妈妈把我叫住，说，'孩子，你晚上做梦有没有梦到鬼怪？'我说好像有，妈妈说万一做梦梦到鬼怪，它会勾引你去走一条白色的路，那条路光鲜亮丽，你千万别去，那是鬼的陷阱，你一旦过去，那条路就会垮塌掉。如果你要走，就去走那条黑暗的路，那才是黑夜里实实在在的夜路。很多年之后我想起这个故事，觉得它还蛮有哲理，现实生活中确实有很多表面光鲜诱惑的事物，它们往往是假象。"莫西子诗说。

（歌词大意）

黄昏的时候

我望向故乡

妈妈

已经做好

今夜最美的晚餐

等着我

——莫西子诗《妈妈的歌谣》

广播人马世芳在他的书《耳朵借我》里写过一段关于文青

的解读："《文青问卷》指出：文青爱村上春树、瘦而好穿憋裤、脚踏 Converse All Star、嗜烟嗜咖啡、用 Mac 小笔电、爱跑创意市集音乐祭、爱玩 LOMO、穿极简而贵的衣服，诸如此类。最让我讶异的或许是网上众多《文青问卷》或者调侃文里，竟然没有'诗'这个字——如今连文青都不读诗了吗？"

据我观察，莫西子诗并没有《文青问卷》里所谓文青该有的行头，他唯一做的只是读诗，还把诗唱成歌，偶尔用母语。他说他唱的不仅是他民族的文化，更多的是他自身想表达的东西。他很感谢听他作品的人，如果能听懂那最好，听不懂也不强求。他希望大家都能读诗，每个人都有情怀，别忙于工作忙于生活而埋没了自己的情怀。

有"野孩子"的地方就是乌托邦

"黄河的水不停地流，流过了家，流过了兰州。远方的亲人啊，听我唱支黄河谣……"2013年冬，一个下着雨的夜晚，在香港西九龙海滨长廊一场名为"自由野"的音乐节上，手风琴手张玮玮，主唱张佺，鼓手郭龙、武锐，吉他手马雪松在台上一字排开，像宗教仪式般神情肃穆地齐声合唱《黄河谣》。五个西北男人不分声部，没有伴奏，声音旷远悠长直慰人心。一首歌的时间里，时尚摩登的维多利亚海港转而变成了黄土地和山坡，人们在土地上伫立，听他们唱尽家乡的事。这五个男人组成的乐队叫"野孩子"，可在十年前，他们第一次到香港演出之后，回去就把乐队解散了。

"野孩子"乐队是由索文俊和张佺在1995年组建的。刚组队的时候，生长在甘肃兰州的张佺和小索沿着黄河从兰州步行至内蒙古，一边考察西北民间音乐，一边体验当地人的生活状态。

西北民歌里最具代表性的当属陕西、甘肃、宁夏一带的山歌信天游，以及在甘肃、青海较为流行的花儿。这两种民歌语言简练，旋律高亢，要真正唱好必须结合当地的生活环境，人们的劳动方式，甚或是气候。只有这样，才能准确表达出旋律内在的精髓，如若不然，唱出来的音乐只会是空中楼阁。在城市人们不会大声唱歌，那样会干扰别人。可在西北，包括陕西、甘肃、宁夏、青海和新疆，那里多为戈壁、山地或草原，当地人经常独自对着一大片山，只有声音高亢洪亮，有特别长的长音才能将自己的声音传到远处。西北人，尤其是农民，经常在工作、劳动和走路时歌唱。遇见远处的熟人，他们便高声呼叫，打着招呼。"野孩子"乐队的音乐便是在传统花儿的基础上加上现代的节奏进行改编与创作的。1996年，张佺和小索前往北京先后和不同的乐手排练。

俗话说："老乡见老乡，两眼泪汪汪。"在音乐里同样也存在着同乡情结。在"野孩子"乐队开始演出不久后，某天，甘肃兰州青年张玮玮在打工的酒吧看到"野孩子"乐队的表演，惊为天人，当即决定追随"野孩子"去北京。在北京与"野孩子"乐队取得联系后，张玮玮辞去工作搬到小索家旁边住。1999年，因乐队发展需要，张玮玮以手风琴手的身份正式加入"野孩子"，尽管那时的他只有小时候学过一个月的手风琴功底。随后的四年间，张玮玮、陈志朋、李正凯、郭龙、张佺、小索作为"野孩子"乐队的固定班底各处巡演。2001年，"野孩子"乐队在北京创办"河"酒吧，并每周固定在河酒吧演出，日子过得井然有序，每周五天、每天四小时的排练成了他们最幸福的时光。然而到2003年，事情发生了转变。

"'野孩子'解散是2003年第一次来香港，参加香港艺术节'北京摇滚'单元的演出之后。回去我们把河酒吧转让了，乐队也解散了。本来只是暂时停一段时间，没想到2004年小索得胃癌去世了。"张玮玮回忆道。

小索离世让张玮玮第一次参加朋友的葬礼。他说小索是他们乐队性格最好、身体也最结实的成员，对他就像哥哥一样。可生活的残酷就突然呈现在眼前，令当时的张玮玮难以接受。

张玮玮说："他去世后的那两年我们都过得不太好。西北人习惯甚至依赖群体生活，容易把自己的情感和生活寄托在群体里。他的离世像是大幕落下，我们从梦中惊醒，自此各奔西东，独自面对各自的事业和生活。这里面有酸楚也有成长。"

那之后，张佺离开北京，独自经甘肃、西藏到达云南并定居，开始创作个人作品并巡演。鼓手陈志鹏也去往云南定居，而贝斯手李政凯结婚移居海外。张玮玮和郭龙则留在北京，做过其他乐队的乐手，还做过戏剧配乐，还在2006年开始创作自己的作品并巡演。

"天下没有不散的筵席，我们要早些明白这个，再相聚的时候，得好好珍惜。"离别时张玮玮的这句话，似乎预示着未来将会发生的一切。

2009 年张玮玮和郭龙去云南演出，演完他们在云南待了几天，去张佺家做客，聊起各自的演出，说以后可以互相邀请做对方的嘉宾一起演出。但当时的谈话间，双方并没有提及"野孩子"重组的事，当时大家都觉得没有这个必要。

隔年春天张佺到北京演出，张玮玮和郭龙给他做演出嘉宾，演出的最后一节他们一起唱了三首"野孩子"的老歌，那天的三首老歌让他们和观众都非常感动。2010 年秋天，他们做了名为"大河之上"的联合专场，还是各自演出一节，最后三人合唱"野孩子"的老歌。从那时起，每年中秋节的"大河之上"再也没有间断，直到现在。

从 2011 年开始，张玮玮和郭龙有时间就去云南和张佺一起排练。2012 年的 10 月 30 日，他们三个人在杭州西湖音乐节演出，那次是他们在解散后第一次重新使用"野孩子"乐队的名字。那天是小索的祭日，也是"野孩子"乐队重组的日子。

2013 年张玮玮和郭龙搬到云南大理，开始恢复"野孩子"乐队每周五次的排练传统。"野孩子"乐队的重组始终没有谁刻意提出来，2012 年在杭州也是被很多人催着才重用了"野孩了"

乐队的名字。在他们看来名字不重要，老朋友还在一起才是真的。

似乎民谣音乐人都偏爱云南、四川，周云蓬、宋雨哲、莫西子诗、赵雷等都是。我很意外重组后的"野孩子"乐队会选择定居大理。照理说，对于一支已经成熟的乐队，待在北京无疑有更丰富的音乐资源，也有更多的演出机会。即便离开北京，他们也可以选择回甘肃兰州，就跟在外打拼的游子一样，或去一线城市，或回归家乡。

对于我的疑问，张玮玮给出了他的解释："西北很特殊，它不是中原文化的腹地，是多民族混居的地方，回族、哈萨克族的音乐我们从小耳濡目染。少数民族的人们生活更奔放，他们没有统一的标准，选择也可以很多样。我们生在城市，可从小就习惯在街头唱歌，一帮朋友约在家属院的墙上排排坐着唱歌，唱到家属院里的人打开窗户朝我们扔瓶子，我们也不管他，继续唱，这就是西北的特点。可是兰州现在是一个很吵的城市，乌烟瘴气，满街都是汽车尾气的味道，当然所有的城市都一样。去北京是为了梦想，最终梦想有没有实现我也不知道。大理更像是一处半农业半旅游的地方，也更像小时候的兰州。"

从地理上看，大理的海拔约2000米，和兰州海拔差不多，阳光充足、空气干燥，加之地处低纬高原，植物生长茂盛，很适宜人类居住。而恰巧张玮玮又喜欢所有的边境地区，多民族的混居区在他眼里就像是从西北迁来的小部落。

"我有时中午去排练的路上常想起我小时候去上学，大太阳晒得我只能遛着墙根找阴凉的路，一路走着想事就想晕了，走着走着走过了排练室都没发现。"张玮玮笑说。

从音乐氛围来看，大理曾是中国嬉皮士的大本营，现在也居住着来自全国各地的很多音乐人，周云蓬把大理比喻为"青春的疗养院"，张玮玮觉得它也是"失败者的后花园"。

"摇滚乐的起源就是黑人的布鲁斯，说白了就是美国农民，他们在美国的田间地头劳作，伴着环境收成带来的惆怅，比如天不下雨不长庄稼的苦恼，然后把情绪抒发成歌。我们的生活近似西北农民。西北的庄稼一年只能长一次，秋天一收就没事干了，闲暇时间特别多，你就能看见有人带着羊在山坡上抽烟，不像江浙一年收三季，很忙碌。"简而言之，小城市比较简单，省去了不必要的需求，更能静下心来好好生活。而选择怎样的生活方式，一定也跟性格息息相关。

"野孩子"乐队里有三个摩羯座，张玮玮、张佺以及新的成员马雪松。所以摩羯座的特质是"野孩子"乐队的重要元素：稳定、严谨、追求极致。这也是为什么"野孩子"乐队重组后，能在大理那么个弥漫着嬉皮士氛围的地方，仍然保持一周排练五天的工作传统。

吉他手马雪松，四年前加入"野孩子"，他是在陕西长大的北京人，前摇滚青年，打鼓弹琴，嗓音低沉，后来移居大理。在他的字典里就没有"迟到"这个词存在。"我和他约时间，他永远会提前到达五到十分钟。原则性比较强，有所为有所不为，他答应了你的事情，就不用再担心。"张玮玮如是评价。

主唱张佺是个有智慧的人，他有很强的西北人特质，目光长远，脚步坚韧。2010年第一次"大河之上"演完，下台后张玮玮对张佺说这场演得不好，他笑着回说："大河之上演好，应该是第十届的时候。"如今"大河之上"已经到了第七届，张玮玮也越来越明白了张佺当时的笑。"信念这东西好像不存在，可你就真的看着它穿过了迷雾，那份坚定很动人。"

郭龙是现在"野孩子"乐队的队长。他是乐队的鼓手，在排练、演出中属于大家的发动机，他聪明而且善良，同时也很感性。他是巨蟹座，和其他几位成员不一样，迟到起来都是从半小时起步的。不过张玮玮却对这个特质有着另一番认识："散漫的另一面是松弛，松弛的人有他的宽容，不会那么较劲，和我们形成了很好的互补。"

另一个鼓手武锐是"野孩子"乐队很多年的朋友。他来自银川，相貌很英俊，并且健康有才华。张玮玮认为武锐就是一个谜，他的存在是为了捍卫中年男人的多样性。

前些年我去过一次云南，跟大多数的游客一样，第一次去一处陌生的地方旅行，必定选择最热门也最有标志性的旅游城市和景点，丽江和大理自然是首选。我对大理的印象不错，住在洱海边的民宿，尽管房间的装修是无印良品式的木质风格，可推开房间的落地窗，洱海的水就拍打在脚边，抬眼望去便是延绵的苍山，就这样坐上一整天，晒着太阳喝着茶，好不惬意。走出民宿沿着小巷子不到十米便是一家云南家常菜馆，喝喝当地人酿制的玫瑰花酒，聊聊闲天，一顿饭简单却也满足。再在巷子里左拐右拐，总能看见几家农户，在门口晒着菜干，没人管也没有狗，似乎他们从不担心东西会被人偷拿了去。在大理最热门的景点该是大理古城，它跟中国其他的古迹景点一样，除了仍保留着当年的建筑风格外，内设的店铺与城市并无分别，倒是几家私房饭馆依然淳朴，有什么食材做什么菜，价格公道。最让我惊叹的是大理的自然景观，它没有国内其他旅游景点的肆意叫卖的摊贩，恬静闲适。坐在石板桥上，群山环绕，溪水从脚下潺潺流过，三两头老黄牛在面前排着队过溪，互不打扰，身处其中足以领会陶渊明笔下的"采菊东篱下，悠然见南山"的意境。

可一到丽江，画风突变，古城被商铺占满，卖茶叶的、卖珠串的、卖工艺纪念品的比比皆是，在广场上走不了几步就能遇着一个人拿着景点的照片问你要不要去，还立马报上价格且一副等着你讨价还价的样子。丽江古城里的另一大特色就是手鼓泛滥，

张玮玮开玩笑说他们在丽江背着鼓都觉得丢脸，手鼓在丽江该算
工艺品纪念品。而所谓的浏览茶马古道，就是付了相对高额的项
目费用后，一个汉子给你牵来一匹不太高的马，让你往上一坐。
如果你是跟朋友一起去的，可能这个汉子会同时牵着你俩的马在
山野间走一圈，甚至还有一段回头路。在丽江的这些景点里，最
不商业化的大概就是玉龙雪山了吧，毕竟受客观环境所限，也不
太适合做什么商业开发，顶多在索道站里卖卖茶叶蛋和玉米。不
过听说玉龙雪山上开发了一处滑雪场，有些无奈却也在意料之中。
我很担心会否有一天，大理也沦为第二个丽江。对此，张玮玮倒
是很看得开。

　　"大理被商业化也是迟早的事，在劫难逃。我们以前挺难
受的，从前在北京从 20 世纪 90 年代一直到新世纪，我们见证
了一座美好的古城渐渐变成了商业化的都市，我们在大理也注定
会见证这样的变化，像谢天笑的歌词：潮起潮落是什么都不为。
不要去想原因、伤感，我们现在想得很明白，能晒一天太阳是一
天，有一天太吵了晒不了太阳了，我们就再去找下一个地方。"

　　张玮玮直言，"野孩子"乐队对他来说曾经是学校，如今是部落。
他无法评价"野孩子"的音乐，那是他们部落的宗教。只要是"野孩子"
的兄弟们聚在一起的地方，就是乌托邦。张玮玮说："倘若有一天
大理也被商业化了，我们打算下一个地方去新疆阿勒泰，那地方冬

天零下三十多度，谁能受得了，那块儿人肯定特别少，我们就去那。"

> 让我们去一个遥远的地方
>
> 去看看王洛宾先生
>
> 去看看那草原上放羊的姑娘
>
> ——野孩子《遥远的地方》

华语乐坛我行我素界的祖师奶奶

爆炸头、大耳环、大红唇、衣着前卫、电音女皇、20 世纪 80 年代，能完全符合这些词的描述的人，放眼整个华语乐坛，毫无疑问只有她——张蔷。很多人说张蔷跟双卡录音机一样，是 80 年代的标志，然而在 80 年代中后期，张蔷却鲜少出现在大众的视线里，甚至在我出生的 1989 年，张蔷已经淡出歌坛。然而在二十几年之后，张蔷签约摩登天空厂牌，跟年轻的电音乐队"新裤子"合作，重新推出专辑。这个举动让 60 后到 90 后都疯狂了：这位华语乐坛我行我素界的祖师奶奶又回来了。作为 85 后，我从小便常听父母播张蔷的卡带，那时不知道她是谁，印象里只是一个声音奇特的女生在唱《爱你在心口难开》，一直想不明白这个机器娃娃感的声音是怎么发出来的。后来借工作之便认识了张蔷，虽说她跟我母亲是同代人，可几次接触后发现她的心态年轻得如同我的同龄人，我忍不住跟她聊了一些关于她的过去和现在。

"他们之所以说我电音，因为我本身就自然具备这种音色。

那个年代大家都学邓丽君或其他港台歌手，但我就这样唱。我也不保养嗓子，平时爱吃辣。每一个有特点的歌手，首先他的音色就是上天赐予的。"张蔷大方地承认。

1985年，年仅18岁的张蔷发行了首张个人专辑《东京之夜》，特殊的音色跟唱法使张蔷的专辑一经推出便畅销百万，风靡全国。之后的短短两年间，更接连发行30张个人专辑，累积销量高达2000万张。如此惊人的成绩甚至使张蔷引起了美国《时代周刊》的注意，不仅将张蔷评选为"全球最受欢迎女歌手"，还在1986年将张蔷送上了《时代周刊》的封面，令她成为首位登上该周刊封面的华人歌手，和她一起上封面的还有她母亲和她的猫。

对这张照片，张蔷一直耿耿于怀："我当时根本没拿《时代周刊》当回事，不知道人家有多大的影响力，以为就不过是本杂志呗。其实那天拍了好多张照片，不知道为什么他们最后选了那一张，也许他们觉得那张照片那么丑的我就是中国特色吧。其实不是的，那天的光不对，我的妆也不对，抹了泛银色的口红，当时就是对自己太自信了，后来看到照片简直后悔得要命。唯一一个念头就是希望大家都快别看了。真实的我其实是挺有味道的一个人，那张照片一出，搞得大家以为张蔷特丑，其实不是，我就不明白他们为什么好看的照片不用，偏用丑的。"

尽管照片的美观度的确让人哭笑不得，可它背后的故事倒颇值得推敲，尤其是和母亲一起出镜，事实上，张蔷的确是在母亲的支持下，才得以较顺利地打开自己的流行音乐之路的。因为母亲从事古典音乐行业并在乐团工作的关系，张蔷从小也耳濡目染，在母亲的指导下学习小提琴、钢琴，可渐渐地她发现自己不热爱古典音乐，听着累。偶然的一次机会，张蔷接触到了流行音乐，那一刻她就确定自己将来要做这个工作。可当时流行音乐深不见底，无法预计它是否能成为一份自己赖以谋生的稳定工作。那会儿大多数人的概念就是进歌舞团，找个铁饭碗。张蔷当时最想进的就是东方歌舞团，去唱亚非拉歌曲，堂而皇之地唱外国歌曲。而且如果是文艺团体的成员，穿前卫的衣服也有个说头，要不然在外人眼里，她就只是个不务正业的待业青年。张蔷的母亲一开始也不支持她唱流行歌曲，恰巧碰上母亲当时所在的乐团里，歌唱家王洁实、谢莉斯成立了电音小乐队，吉他、贝斯、架子鼓、沙锤成了乐队的核心，包括苏小明也开始做电声音乐。一次，张蔷的母亲给王洁实、谢莉斯录音，边录边想："做流行音乐的趋势来了。"回家之后她便对张蔷说："孩子你可以去做你想做的音乐了。"张蔷说幸亏母亲也是做音乐的，思想本就较其他行业的人来得开放，加上王洁实、谢莉斯的电音小乐队渐渐成了团里最赚钱的乐队，才让张蔷做流行音乐变得更顺理成章。

当年的东方歌舞团有很多通俗歌手，只不过他们的唱法多

为偏美声或偏民乐的流行唱法，像张蔷这样的纯流行唱法太少见
了。张蔷参加过北京市最早的一届青年歌手大奖赛，可惜初赛就
被淘汰。

"文化馆的老干部听不懂我在唱什么，不过我那时候也想
得挺开，进不了就拉倒。"张蔷说。

既然比赛没戏，干脆换个方法。当时有人跟张蔷说应该去
广州的茶座唱歌，人家喝茶，她就在旁边唱，唱完了收小费。那
阵子张蔷的确动心过。当时没有选秀节目，没有能让她表演的舞
台，张蔷因为急于展示自己唱歌的风格，甚至还求母亲跟团里通
通情，让她跟王洁实、谢莉斯去演出，结果团里不同意，以至于
小乐队的领导虽认可张蔷的演唱，却也不敢自作主张签字。幸好
参加完比赛后，张蔷遇上了黑豹乐队的经纪人，开始了第一场走
穴。之后名气慢慢打响，回北京后又在首都体育场做了一场流行
歌曲大拼盘，从此之后才开始有人找张蔷录音。那段时间，张蔷
还自己录了小样发给各个音像公司，像中国唱片社、中国旅游声
像出版社、长白山音像出版社等等。最终云南音像出版社相中了
张蔷，一下为她打开了理想的门。那时的歌手并不像现在的五大
唱片公司，没有签约艺人的机制，只签专辑，还是一盘一盘地签，
谁也吃不准究竟有没有市场。

"云南音像的老板秦连丹挺有魄力，福建人，据说在那个年代贷款 200 多万做大集体的唱片公司，我在底下录音棚录歌，楼上就是生产线，录完的声音直接送上楼被灌入磁带。云南音像还从英国引进了一部能录 48 轨的录音机，那个年代一般用 16 轨、24 轨。那时常见的录音很简单，吉他占一轨，鼓占一轨，留一轨人声，再留一轨伴唱。但我那会儿听国外的 disco（迪斯科）音乐很多都是叠唱，我说我也要叠唱，那样的人声更丰满更立体。"张蔷说。

20 世纪 80 年代，信息传递的渠道远不及现在那么方便多样，一般人不太能听到国外的音乐。张蔷说多亏家人的支持，那时经常给她寄国外的音乐带子，加上她在中央新闻电影制片厂的图书馆借阅了大量的资料，让她得以较早地接触国外的音乐。在云南音像出版社的那段日子里，张蔷翻唱了大量中国港台地区及国外的优秀作品。很多国人不接受一手的外国音乐，张蔷就用她的方式来翻唱，让国人容易接受。张蔷形容自己是个中转站，然而她也自信地说，若不是通过她的翻唱，谁知道这些歌都是什么玩意儿。

卖出 2000 多万盘磁带的张蔷尽管翻唱无数，却也有自己的坚持。她说 Michael Jackson（迈克尔·杰克逊）是她唯一不会翻唱的歌手。"最早听过最惊艳的一首歌是 Michael Jackson 的

'Billie Jean（比利·简）'，但他已经唱到极致了，谁翻都不可能超越他，也不能还原他的精髓。对他，我纯欣赏，坚决不翻，即便再红也不翻。"

张蔷说早年她也想组乐队，可条件不允许。如今的张蔷签约摩登天空，跟"新裤子"合作在 2013 年出了专辑《别再问我什么是迪斯科》，随专辑附送磁带。张蔷说当时他们想过三种方案，一种是把她自己的照片做成挂历，另一种是写出歌曲的简谱，还有一种就是做成磁带，这三样代表了 80 年代的特色。张蔷自己喜欢挂历的形式，她觉得很酷。然而最终公司选择了更具时代印记的磁带，还因为找不到空磁带，只能把英语磁带给抹掉再录上歌。

在张蔷的记忆里，80 年代的人不太有金钱观念，大家都挺仗义，哪怕托人办事去对方家，还喝人家一杯茶，别人帮你办成事了你送个蛋糕就行。有学生找张蔷母亲学琴，不用交学费，只带一块猪肉来，中午大家一起炒了吃，下午再在家学两个小时琴，这在现在根本不可能。张蔷回忆自己在少女时代，总爱拿很长的竹竿，再剪一块车胎放火上熬，等车胎熬熔了之后，拿竹竿粘上黏黏的熔液去粘树上的季鸟，粘蜻蜓，粘回来也不干吗，就放在家里的纱窗上让它们吃蚊子。她也常去露天的公共游泳池游泳，参加家庭舞会。舞会也很简单，大家在屋里自己放歌跳舞，要是放 disco 大家就一起蹦，如果放舒缓的音乐，男生就会邀请女生跳舞。女生一般也不会拒绝，原因是屋里总共也就八九个人。那会儿大家不敢喝酒，只敢喝喝汽水，音乐也不敢放太大声，因为有小小侦缉队，会有老太太们去公安局举报。有一次有一个朋友约张蔷去北京东大桥参加家庭舞会，刚进门脱了外套准备开始跳舞，朋友就冲进来说"赶紧穿上衣服跑，咱们被小小侦缉队举报了"。跑了一段之后张蔷想：该去哪儿呢？本来去朋友家跳舞，突然没得跳了，那一下午该干吗去呢？只能去附近公园走走。

这样的故事和记忆还有很多，偶尔想起些了，张蔷就把它记录在微博上。微博对张蔷来说就像回忆录，她说等她老了，该回忆的往事也攒够了她就不写了，到那时就自己出本书，把这些年写的微博整理到一起，再贴上精美的照片，留给她的下一代。这样一代代传下去，哪怕她不在这个世界了，后面的孩子们都还能知道这个世界上有个人叫张蔷，她是我们的祖先，她曾经这样活着。

敢说敢做、我行我素的张蔷并不像外界想的那么潇洒，她也在意外界对她的评价，不愿意别人说她的不是，也不愿意自己做得不好让别人抓住把柄。对于一些不好的评论，如果是不咸不淡的就会闹着玩似的反驳一下，如果是比较恶劣的攻击，视而不见好过纠缠不清，不理他自然而然也就不了了之了。

平时生活里，张蔷喜欢把更多的时间投注到家庭中，她没让女儿上学，而是选择自己教她文化课，教她弹钢琴，会带着她到处演出到处玩，带她认识一些有意思的哥哥姐姐们。我见过张蔷的女儿，长得漂亮，可能跟着妈妈见多了世面，也不怕生，一副小大人的样子跟你聊天，还时常有自己的观点，或者自顾自地玩羊毛毡，你若问她她还会给你讲解一番。我没见过张蔷的儿子，不过听她的描述，似乎儿子的爱好跟她更像一些：喜欢听纯电音，酷爱打碟，总爱去夜店。可张蔷说每次只要儿子去夜店她就跟儿子打架，管着他不让他去，还教育他要听音乐在电脑上听就行，何必非要去夜店这么乌烟瘴气的地方。我说："姐，当年要在您儿子这个年纪有夜店，估计您也早去了吧。"她说："对，我到30岁还去夜店呢，可是做父母的无论孩子多大，都会为他悬着一颗心。"

张蔷曾在最当红的时候退出过歌坛，放下全部的名利去澳洲上学，住了一年半之后转而回国去了香港结婚生子，在香港一住就是三年，专心照顾孩子照顾家庭。张蔷说之所以敢在当红时选择退出，是因为觉得没什么可唱的了。如今张蔷又回归歌坛，因为她又找到了她喜欢的和她想唱的歌。

"我喜欢葛仲珊、阿肆、逃跑计划这些新生代的独立音乐人，也喜欢马天宇的《该死的温柔》，凤凰传奇的《月亮之上》，我还跟宋冬野说我想翻唱他的《董小姐》，拿去国外做，也翻成电音。宋冬野说'姐你随便翻'。"说到这，张蔷笑得很开心。

这么多年，张蔷说她脑子特别清楚，做音乐就是给自己听，给喜欢自己的人听，其他的人强拉也没用。对于自己，张蔷自认是个大大咧咧的北京女孩儿，喜欢大事化小小事化了，在别人眼里特别大的事在她眼里都是小事一桩。她说："我们整天纠结难过的事跟宇宙比起来都是蚂蚁开会，还是心胸开阔傻人有傻福的好。"

爱情光有趣是不够的

哪两种职业的人会更容易被联想成为恋人？比较常见的恐怕有机长和空姐，医生和护士，大学老师和学生，当事人和记者。最后这类情况再具体点，比如李宗盛和他的第一任妻子朱卫茵，又比如本文的主人公周云蓬和绿妖。

1970 年出生于辽宁的周云蓬，被称为最具人文情怀的民谣歌手。他写的歌《沉默如谜的呼吸》《中国孩子》，让很多人听后从中窥破命运的秘密。而他 9 岁失明，15 岁弹吉他，19 岁上大学，21 岁写诗，24 岁开始随处弹唱。这样四处漂泊的人，注定会在漂泊的路上遇到其命里的红颜劫。周云蓬遇上的这个女人叫绿妖。那是 2008 年，彼时的绿妖是《读库》的一名编辑，一次她接受任务去采访周云蓬。没想到三个月的采访结束后，绿妖成了周云蓬的女朋友。从那之后，人们总能在有周云蓬的各大音乐节上，看到绿妖的身影。

　　我知道周云蓬和绿妖的爱情是因为一本书，周云蓬写的《绿皮火车》。记得当时我搭早班机，从杭州飞香港，落座靠窗的位置便开始翻读。先是读了柴静写的序，其中一段是柴静曾在采访中问绿妖为什么要跟周云蓬在一起，绿妖说："王小波小说里写，一个母亲对女儿说，一辈子很长，要跟一个有趣的人在一起……""就为了这个吗？""有趣多难啊。"究竟周云蓬有着哪些不为人知的方面，让这个女人觉得有趣？他们的恋爱又发生过怎样有趣的故事？一堆奇妙的设想令我一下飞机，还顾不得提取行李，便急忙打开手机，欲搜索更多他俩的爱情细节，可搜索的结果却大失所望，居然只有"分手"，没有"有趣"。

　　盲人歌手与女文青，携手天涯，长相厮守，这本该是多么美好的爱情。作为旁观者的我，带着满心的遗憾及不甘，在专访周云蓬时，一接通电话，便直奔主题，急着探问他和绿妖分开的原因。"更多是两个人的生活和所从事的事业的矛盾。我经常巡演，是必须不同城市到处跑的，没法长期住在一个地方，而且中国又特别大，去不同城市都特别远。而她因为要写长篇小说，就需要过定居的生活，不然时间如果被割裂成一块一块就会很麻烦。今天在杭州，明天去北京，后天又去上海的，就不容易进入写作状态。"周云蓬说。在他的言语间，我听不出伤感和不舍，更多的是一种作为局外人的理性判断，没有遗憾。或许分手的结局是他们的性格使然吧，有的人要到处走，有的人喜欢在一个地方安定下来，安安静静地去创作。他们都过上了更适合自己内心的生活，也卸下了以爱为名的沉重负担。

周云蓬说，他们分开后各自生活得都挺快乐，证明分开并不是悲剧性的结束。他不觉得好的爱情就必须白头偕老，当然好的爱情如果能白头偕老就更好了。即便不能，它终归也会有个结局。生命都是有限的，什么东西都不会永久，都会有个结局。分开后彼此没有仇恨，彼此的生活变得更美好了，这样的结局也很好。

关于爱情，我们常常会有各种纠结和矛盾。想要谈一场轰轰烈烈的恋爱，然后壮烈地分手，成为一个有故事的人。然而我们又常听一些人感慨，曾经太用力地爱过，现在爱不动了。当一个人全心全意地爱过之后，再碰到另一个人，还能有心力再为这个人付出同等的爱吗？

对于这个问题，周云蓬的见解倒颇有哲理。他说："人生是多维度的，我认为爱是不会干涸的。首先爱是没有一个固定总量的，不是说你先付出一部分就还剩一部分，要全部付出了就没有了。爱是互相激发的，很少有单向度付出的爱。比如你遇到一个让你很爱的人，那他就会激发你的能量，新的爱就会产生，所以是不可能会枯竭的。比方说任何一颗行星，它在发光，而这个光是来自于太阳的，是互相激发、互相反射的光，这个光是不会没有的。只要遇到能激发你的人，你还是能唤起新的爱的能力的。

而且不光是爱情，任何形式的爱都不会枯竭。有的人做公益，或是爱父母、爱朋友，他是越爱越丰富的，不可能比那些保守的、不敢爱的人更容易枯竭。"

我以为一个将爱看得如此透彻的音乐人，总会用写歌的方式来纪念对方吧。然而却得到了不同的答案，不是不够爱，而是需要沉淀。

周云蓬和绿妖的爱情关系里，后者是前者的爱人、拐杖、手、眼。回到开头说的职业恋爱联想，并不见得从事这些职业的人就是最相互契合的，或许只是因为类似的工作属性和社交圈，让他们有更多的时间相互了解，从而擦出爱情火花的可能性也就更高。真正好的爱情，是过了"有情饮水饱"的阶段后，彼此审视自己的内心，在甘愿为对方做出一定程度的改变后，仍保有最基本独立的自我。势均力敌的爱情，亦师亦友的伴侣，携手前行，帮助彼此成为更好的自己。这，太难得。光有趣，是远远不够的。

我最亲爱的妹呦

我最亲爱的姐

我最可怜的皇后我屋旁的小白菜

日子快到头了

果子也熟透了

我们最后一次收割对方从此仇深似海

你去你的未来

我去我的未来

我们只能在彼此的梦境里虚幻地徘徊

徘徊在你的未来

徘徊在我的未来

徘徊在水里火里汤里冒着热气期待

期待更美的人到来

期待更好的人到来

期待我们的灵魂附体它重新回来

——周云蓬《不会说话的爱情》

左叔的迷之自信

哪怕你不听摇滚，你大概也听说过在国内摇滚圈有这么一号人物，他以荒腔走板的演唱形式独树一帜，行走江湖。在常人的耳朵里这种演唱叫作"这什么呀，是唱还是念啊？怎么这么难听"。但是在他口中，这却是全世界最厉害的东西，他就是左小祖咒。百度百科是这么来介绍左小祖咒的：左小祖咒，独立音乐人、诗人小说家、艺术家。

他成长在一个船工家庭，经历坎坷传奇，曾参军入伍，经历过街头生活，曾以卖打口带为生。他干过无数的工作，工作的同时开始了动荡的音乐及艺术生活。他把早期那种诅咒式的疯狂提琴运用在演唱中，使人声癫狂而又冷漠，极具戏剧性，尤其他个人化的高音演唱，曾掀起了摇滚乐的一次人声革命。多年后，这位昔日的地下摇滚先锋，前卫艺术家群落"北京东村"的第一批人物和缔造者，如今已成为前卫青年、文艺青年心目中的偶像。他是当前中国极富思想性和影响力的摇滚明星。

　　2014 年冬天，我受左小祖咒邀请，前往他位于北京东村草场地艺术区的工作室对他进行专访。说是专访，实际过程并不怎么正式，晒晒太阳、喝喝茶、聊聊天，中午他还请我在工作室吃了顿便饭。这次的专访我们并没有聊太多他的音乐，因为类似的专访太多，于是我们的对谈方向转而放在了我在他工作室的所见所闻以及有趣的边角料上。

　　在既定印象里，艺术家的工作室应该是杂乱的，没想到左小祖咒的工作室窗明几净，物件摆放相当工整，难道真实的左小祖咒会完全颠覆我们印象中的那个叛逆、不羁、浪荡的形象吗？

　　"我确实和很多人想象的不同。他们都说我工作室很干净，对我来说还不够干净。我不轻易跟别人吃饭，也不轻易邀请别人吃饭，这也是别人想不到的。即便我做的音乐他们听起来很乱，实际在我的理念里它们的排列是非常有序的。很多人可能以为我是个瘾君子或是私生活混乱的人，甚至可能是个双性恋的人，最少肯定是个酒鬼，然而我都不是。我早上六七点起床，晚上十二点睡觉，哪怕凌晨两三点睡，第二天早上七八点肯定也醒了。而且我每个礼拜都坚持锻炼身体，称不上绝对健康，但肯定跟大家想象的不同。我是个怕麻烦的人，喜欢和聪明人打交道。"刚坐下还没喝上一口茶，左小祖咒就把他的"规矩"跟我说了一遍。

人们喜欢膜拜自己塑造的神灵

喜欢用习惯的方式行事

但我的窍门儿是只跟聪明人打交道

得到笨蛋的夸奖你最多是个小笨蛋

来吧　试试吧

——左小祖咒《你会说》

更认同自己摇滚音乐人身份的左小祖咒，竟然并没在工作室摆放乐器。我去的当天只看到一把吉他，他说是因为有人要来收走，这两天才摆出来而已。一栋两层楼别墅的工作室里也没有录音棚，若不告诉我这是左小的工作室，我一定会认为这里住着某个画家。与其说左小祖咒是个音乐人，倒不如说他是个艺术家，然而他自己却又不太认同。

"我很少在采访中提及我的当代艺术作品，大多数还是围绕音乐。我本身对当代艺术也不太喜欢，只是五六年前这东西突然很火，我做得也不错，去参加过两届威尼斯双年展。这说出来也吓死人，没有一个摇滚歌手有我这样的业绩，我在这个行业里是先驱，我是创建'北京东村'的人。"这种毫不谦虚的陈述，果然很左小。

在左小祖咒的观念里，艺术是意象的表达，不是意象的写法，写完了得能激发受众的想象力。他并不低估受众，只是不同的人

的认知和理解力不同。举个例子，1995 年，左小祖咒和另外九
名艺术家在北京某座无名山上，全部裸体，再按体重轻重，以三、
二、二、二、一的人数层层堆叠，把人与人、人与自然以及男性
与女性，重新置于关爱和怜悯的维度上来探讨本源性的存在关系。
《为无名山增高一米》这张照片，很多人用二维的视角只看到目
之所及的五个光腚的人，忽略了三维空间里实际上有十个人。因
为这件事，左小祖咒认识到人的思维是不同的。听音乐也是，人
和人没有贵贱之分，没有美丑和长幼之分，虽然英俊漂亮的身体
能吸引很多人，但最终的质地才是最重要的。而人和人只有智慧
是不一样的，其他都是皮囊。他说他的粉丝里有很多商人政客，
我问他省长听他的歌危险吗，他很镇定地说不危险。"我从来不
培养我的孩子做音乐家。音乐太容易做了，哪怕听的都是噪声，
你把它们拼贴起来也能叫音乐，培养他们的艺术鉴赏能力才是重
点。艺术不是洪光亮、高大上的东西。"

　　左小祖咒说，当初做《为无名山增高一米》，纯粹为了自嘲、
荒诞、好玩，它却也是他最满意的一件作品。做的时候根本没预
料到它会升值，现在那么值钱，导致后期出现名利之争。12 年
后他就在同样的地方码了十只猪，取名叫《我也爱当代艺术》。
为什么要恶搞自己的作品？左小说因为那几年当代艺术莫名大
火，很多煤矿老板、地产商们都纷纷投身当代艺术，无论真懂还
是装懂。既然你可以爱，我可以爱，那么猪为什么不能爱呢？就

在做这次访谈的三个月前，左小祖咒的朋友带着一位德国朋友前来工作室参观，一进门德国人就笑了，说："原来这件作品是你的，它在 Facebooke（脸书）上非常有名，而我一直不知道作者是谁，这下终于找到了。"左小一听，心花怒放，他认为不管作者本身有没有名，重要的是作品有名，于是马上联系各方办回顾展。"我妈妈不喜欢《为无名山增高一米》，猪的版本的《我也爱当代艺术》我爸妈都很喜欢。拍摄它有难度，猪没人那么容易爬上去，要靠人抬上去，还得轻放，然后快速拍摄。猪不像人，它们的身体是圆的，不好堆，也不懂我在搞艺术。我拍了无数张才最终选出一张，太折磨它们了，只能让它们再坚持一下。"我被这段话莫名戳中笑点，觉得眼前的左小祖咒温和可爱。

坦荡直白的自信总好过装腔作势的谦虚。或许左小祖咒的性格会让一部分人讨厌，认为他自大，跟谦虚这一优良传统美德背道而驰，但我却认为这样的自信，在当下的年轻人中更应该被认同。相信自己所做的事，认可自己的能力，如果连自己都不坚定地认为自己是对的，凭什么指望得到别人的认可？当然自信并不等同于无畏。左小祖咒也有他害怕的事物，比如他有点害怕坐飞机。

他说："坐飞机不害怕的人都是假的，谁不害怕掉下来？我一上机就睡觉，坐车也是，翻了就翻了吧，你知道飞机失事就是一瞬间的事，睡着了不知道就算了，这就是命。别人以为我反抗命运，其实我很信命。"我提出了一个无厘头的建议，出行前先告诉身边的人你坐哪趟航班，这样万一出个意外，别人还能知道。左小祖咒听完沉默了两秒，笑了，说："人死了就是死了，不要期望别人能记住你。""你喜欢意外和计划外的变化吗？"我问。"除非突然有一大堆钱过来，否则我不大喜欢，金钱会帮你省很多事。"他说。

第二部分

香港香港

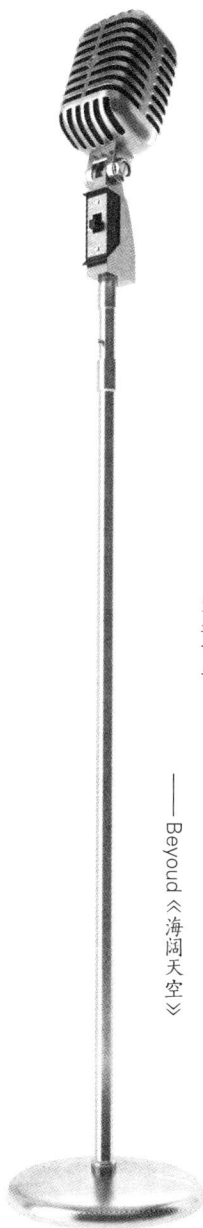

原谅我这一生不羁放纵爱自由
也会怕有一天会跌倒
背弃了理想谁人都可以
哪会怕有一天只你共我
仍然自由自我永远高唱我歌
走遍千里

——Beyoud《海阔天空》

爆粗口的修行人—— MC 仁

　　在香港，随机在街头采访一个 85 后的男生，你问他初中时期听过哪些香港音乐，估计百分之八十以上的人会说出同一个名字——LMF 大懒堂，甚或有人再细分至 LMF 的成员之一——MC 仁。MC 仁可谓香港 85 后男生初中时期的男神，被称为香港 hip-hop（嘻哈乐）教父，美国《时代杂志》将他评为亚洲涂鸦第一人。

　　"我本来是念艺术的，后来发现年轻人的文化更有创造力。"MC 仁说。出于兴趣，MC 仁开始参与 hip-hop、rap（说唱乐）、涂鸦等艺术创作，他最被人熟知的身份无疑是 LMF 乐团的成员之一。LMF 的出现纯属意外。当年在香港有一群独立乐队，专门举办名为 "Dark Entry" 的系列演唱会，在每场演唱会临结尾时，每组乐队派出几位成员随意凑在一起玩音乐，没想到观众们反而对这段表演呼声最高，强烈要求这支临时乐队正式成立，为乐迷们做专门的音乐创作。于是 LMF 以 Anodize、Screw 和 N.T. 三个独立乐队为骨干，后期由于成员意见不统一，最后只剩原属 N.T. 的 MC 仁继续留在乐队中，并加入在香港 hip-hop 界享负盛名的 DJ（唱片节目主持人）Tommy，组成最受香港男生追捧的独立乐队 LMF。

LMF 是香港有名的独立摇滚说唱乐队。20 世纪 90 年代后期，世界各地尤其是西方的音乐，开始将摇滚乐与 rap 结合。受其影响，LMF 的音乐编曲偏向摇滚，唱的部分采用 rap 的形式。慢慢地，乐团中的两位核心成员 MC 仁和 DJ Tommy 觉得与其这样，倒不如发展出一套中文的 rap。歌里所有的副歌歌词均出自 MC 仁之手，至其他部分，谁唱即谁写，每个人负责自己的唱段。

LMF 的中文名叫大懒堂。访问 MC 仁的时候，我的第一个问题便是："大懒堂是什么意思？"他的回答出乎我的意料："因为有一个成员太懒了，懒到明明遥控器就放在脚边他也懒得拿，情愿不换台，所以我们为了嘲笑他就干脆取名叫大懒堂。"幸好，这支已经连饭都能懒得吃的乐队并没懒得做音乐，他们只是懒得在意旁人的眼光。

基于现实考虑，在香港几乎无法以做音乐为生，抱着"玩"音乐的心态反倒更能与自己和解，也更能创作出独立心声，所以 MC 仁更乐于将音乐作为副业和辅助，将大部分时间转投于涂鸦。

香港Hip-hop教父MC仁（右）

上图：港漂歌手顾芮宁（左）
下图：独立乐队杀手锏

单纯姑娘邓紫棋（右）

上左图：老清新唐艺（右）
上右图：大胆小鬼李拾壹（右）
下图：电台DJ林二汶（左）

他说涂鸦更自由，画画能超越很多空间范围。可谁能想到，在涂鸦界享誉盛名的 MC 仁，他的涂鸦启蒙者竟是他在法国念书时的房东。

1990 年，MC 仁在法国念书时的房东是一位独立电影制作人，当时法国街头正进行全民反核游行。房东问 MC 仁："你来法国学艺术吗？那你帮我画一幅涂鸦让我拿去游行。"这一画便开启了 MC 仁的涂鸦热情。1997 年读完书回香港，MC 仁发现香港的艺术文化缺少了公共艺术的部分，这令他想做个实验，看看能不能弥补这块空缺。

MC 仁的涂鸦内容多为中文字，并且把涂鸦的地方先画成一面墙。关于涂鸦的问题，很多人最好奇的莫过于传说中那幅"长城上的涂鸦"了。尽管多年来各种人想通过各种方式得到答案都无济于事，不过既然人都在我面前了，不问实在太对不起自己的好奇心。于是抱着肯定得不到答案的心态，我试探地问道："长城上那幅涂鸦到底是不是你画的？"估计是没料到我会问得这么直接，他倒是很快给出了一个很耐人寻味、值得意会的答案："我看到那天不止一个人在涂鸦。"笑了笑，他继续补充道："难道这不比在长城上写'到此一游'要来得艺术的多？"

"涂鸦不合法看你涂在哪里，世界上很多地方认为涂鸦是破坏的行为，但在另一个角度来说，它从来都在推动更自由的表达。"MC 仁表示。

所谓叛逆，指反叛的思想、行为，忤逆正常的规律，与现实相反，违背他人的本意，常常做出一些出乎意料的事。曾有人问我是否是叛逆的人，在被问及的那刻我很难解释，相信但凡善于独立思考的人都应有各自的原则，这些原则或是对社会议题的看法，又或是对价值观、世界观的独到界定，或许大家的表达并不依从于普世价值观，但，难道这就该被定性为叛逆吗？倘若随大流被称为顺应的话，那么想必大多数人都是"叛逆"的吧，包括 MC 仁。

既然做音乐不赚钱，那就干脆免费送。擅画画懂设计的 MC 仁自创潮流品牌，将做好的音乐录到记忆卡，再把记忆卡缝到他售卖的衣服上，想听他音乐或支持他设计的人就买他设计的衣服，音乐可以在买了他的设计后自行上网免费下载。他说："本来做音乐就是为了分享，把条件下降一点，听的人会舒服一点。要赚钱就不做音乐了。"

生活中的 MC 仁性格颇为随和，一身布衣布裤，头顶系上发髻，有些古风感，相较于他的创作，私下的他却偏爱听安静和平的音乐，这似乎是他与自己、与这个世界的一种和解。他说：

"十年前觉得香港音乐没救了，今天看到还是觉得没救了，也就不再激动了。我讲也讲过了，只能找那些愿意醒来的人，在他面前做些创作吧。我倡导自己的音乐是从自由世界带来的产品，对于我来说，音乐的言论自由不在于讲的那一方，而在于听的那一方。最好的有言论自由的地方是想听什么都听得到，不要讲，不是每个人都有观众的，而做一个好的观众最好。"

我在香港的这几年发现了一个有趣的现象，即香港人多喜欢旅行，常去的地方有泰国、日本、韩国，以及台湾地区，离得近，汇率好，且多美食。这大概与他们的居住环境有关，在香港这个寸土寸金的地方，一家四口蜗居在四五十平方米的小屋里的情形太过常见。我曾在某档电视节目中看到记者采访一位少年，问他如何评价自己的生活，少年回答说觉得自己的生活很安逸，不想搬离和父母生活的家。而当镜头扫至全屋环境时，我惊呆了。不到五十平方米的房子里摆满了各式家电，便于活动的空间相当狭小，客厅的饭桌一拉开便再无走动的空间。很难说这样的生活条件是否幸福，这或许也是香港人更爱表达也更向往自由的原因吧。

你绝对想象不到看起来像个顽童，笑起来会把五官缩在一起，念 rap 时把社会一些现状批得体无完肤的 MC 仁竟然住在交通不便的山里，门前种着一棵菩提树，养着几只从邻居家"变节"过来的羊和一只从路上捡回来的狗 Gudiii。至于他每天的生活就是规律地晚睡早起，每晚十一点左右睡，却在凌晨三点就起来打禅念经。对他来说最起码生活里没有老板，没有阶级。他说以前做观念艺术，现在修行也是一种实验艺术，打坐前先做好梦的导演，如果在打坐时真实进入了梦境，那就表明他正在受自己大脑控制，那就是打坐不是睡觉。

"现在的生活有网络，大部分的工作都能解决了，所以不用出外工作的时候就住在村落里不出来。香港很多我的朋友都说离开城市之后就不愿意回去，更喜欢待在村屋里，那里有更宽敞的空间，更干净的空气，只要安排好交通就行。"MC 仁如是描述自己的生活状态。

聊修行是在访问结束之后。因为聊到去西藏旅行的话题，MC 仁又瞬间打开了话匣子，他说几乎每年都去西藏，认为西藏是对地球人来说最公平的地方，由大自然来决定你能不能去，如果有高原反应就说明你不能去。随后又打开手机相册给我看他家的布置。他先给我看了一幅画在墙上的佛像，并且神情略带一丝得意地说："这是我 12 岁时画的，我只看了那佛像一眼就凭记忆把它画出来了，所以我想我可能从小就很有佛缘。"只能说当我听到这段话且看到这幅惟妙惟肖的图像时眼珠子瞪得极圆，嘴惊讶地张开，连下巴都快掉了下来。

"修行的人用心沟通比较好，用语言反而比较笨。慢慢就发现地球上大部分的问题都来自于人类。"MC仁说这是他修行后得到的感悟。

我问他一个人长期在山里生活不会觉得孤单吗？他说谁不是生来就是一个人的，没有所谓的孤不孤单，那是自己发展出来的想法。你抬头有天低头有地，他们都是你的朋友，你愿意成为他们的朋友，你就有了他们，所有事情都能变成你的朋友，只要细心观察就行。

那次访问之后又和MC仁在微信上聊过几次，聊天的内容基本都是我又遇到心结请求大师点拨之类的心事，而他总是谦虚地说："我不是大师，只是一个小小修行人罢了。"这方江湖很大，我们只是这天地间的小小蜉蝣，但凡能在精神上对我们有小小启示的便能称之为老师了吧，何况这个在音乐、艺术、信仰上都确有建树的"精神领袖"呢！

别黑她，她只是个单纯的姑娘

　　曾经看过一篇关于飞机选座和性格的软文，大致是说：喜欢坐过道位置的人，或崇尚自由，或喜欢处于世界中心。因为可以随意走动，且每次空姐询问你吃什么喝什么的时候你能第一个回答。喜欢中间位置的人，是个随性的人。进可攻退可守，风景能瞄到一眼，上厕所也不至于太不方便，通常就是那种别人问想吃什么，都回答"随便"的人。喜欢坐靠窗位置的人，是一个梦想家且比较注重隐私。比如 Yahoo（雅虎）旅游频道的主编 Paula Froelich（保拉·弗勒利希）说，坐飞机时她喜欢看着窗外，然后想着那些她可以去的神奇地方。尽管我对前两类性格判断存疑，但我相信和 Paula 有同样想法的人一定不少，至少我朋友圈里就有一个经常发机舱窗外天空照，外加一些感性文字的人，她就是邓紫棋（G.E.M）。

　　初识邓紫棋是在 2012 年，她来杭州办签唱会，我是那场活动的主持人。老实说作为一名音乐 DJ，我并不常在节目中播她的歌。毕竟对于香港乐坛，我们通常都只习惯性地想到张国荣、谭咏麟和四大天王的，年轻一点的也多是陈奕迅、谢霆锋、容祖儿、Twins、方大同、谢安琪这些。至于邓紫棋，可能那会儿内地受众知道她的绯闻多于她的歌。其实当年邓紫棋在香港已经很红了，19 岁的年纪，就已经在香港红磡体育馆（红馆）办过五场个人演唱会，成为在红馆开个唱最年轻的女歌手。后来还因为她的不俗唱功和极具感染力的舞台表现，让这个原本为红馆设计的演唱会慢慢开成了世界巡回。照理说有这样的经历，邓紫棋应该更习惯走到哪都被粉丝前呼后拥吧。所以那天去之前，我还担心万一现场人很少，舞台很小，她会不会接受不了这个落差。结果这姑娘心理素质倒是挺好，面对当天现场仅有的百来号粉丝和简单的小舞台，她也照样专业地唱了三首歌，笑着回答每一个问题，还对现场的粉丝有求必应，和每一个人合影、签名、聊天，直到送走最后一个粉丝。

　　俗话说：树大招风。人红自然是非多，加上邓紫棋似乎有着"招黑"体质，这两年伴随她最多的话题就是：感情、皮裤、耍大牌！皮裤这事，应各人审美而异，我只能说她本人腿不粗。感情和耍大牌这两点，鉴于我俩的工作身份和实际交往，倒是可以摆在一起说说。

感情问题每个人都有，只不过不同年龄阶段烦恼的点不同。二十来岁的小姑娘想要的爱情很简单，对方如果长得好看，又有才华，还能搞点浪漫，甜言蜜语不离口，就基本会被迷得神魂颠倒。若是不巧碰上一段异地恋，一方还是公众人物，那么矛盾的冲突点无疑就会落在信任上。对方只要一不接电话，我们就会怀疑：他是不是在和别人约会？假如回信息说在忙，我们又会乱想：这到底是不是真的？即便对方只是简单和朋友吃个饭，我们搞不好会立马开个视频聊天来验证。这种折磨自己又烦死对方的行为，要是在热恋期倒还好，万一进入平淡期，可就是导致分手的致命武器。关于这个问题，邓紫棋倒是有一套自己的处理态度。"真正的信任是当你完全没有把握，不知道他有没有跟其他女生出去，但你依然相信他，这才是爱里最健康的关系。"她说这是她在信仰中学到的，而且这种无条件信任不仅适用于恋人，也适用于亲人和朋友。

当然，我无法考证她在爱情里的信任是否能做到百分之百，但单从她能在对我这个媒体工作者并不了解的情况下，只凭简单的拉钩为证，便将自己的感情袒露无疑这点来看（我是指她连男主角的身份和具体事例都向我全盘托出），这难道不比信任爱人更需要勇气，也更磊落吗？常听说她和记者关系不好，我倒觉得这其中的是非利弊，得站在对方的角度再重新掂量掂量：是否双方都付出了同等的信任？

　　这几年和邓紫棋的交往并不多，但她对我的信任却出乎意料。我刚到香港工作时，原本只是礼貌地给她的微博发了条私信，告诉她我搬去了香港，没想到她直接回复了我她的私人电话，让我随时联系；后来因为她和林宥嘉牵手走金曲奖红毯，各方媒体都想采访却无果时，她在外地结束工作回港的路上接受了我的电话采访；我们从不刻意联系，但她却会在我生日当天发来祝福。2015 年圣诞节，她约我去她家吃饭，亲手烤了银鳕鱼，然后和我边吃边聊她最近的感情困惑，和我分享她最近新认识的一个有好感的男生。那种既欣喜又忐忑的样子，活脱脱一个想谈恋爱的少女。

　　或许是因为出道早的关系，邓紫棋有着超过她年龄的成熟和小小的"大女子"主义。她看不惯身边男生对女朋友的玩弄态度，发觉童话故事里的王子保护公主的模式在现实生活中恰恰相反，于是写了首"Oh Boy"（哦，男孩）来讽刺他们毫无担当。至于她自己，在独自抵抗着娱乐圈的特殊压力时，也想找一个有责任心，而非只会说甜言蜜语的男人让她依靠。这个人可以不帅，但一定要和她有相同的信仰和价值观，就像蔡依林歌里唱的："I don't want a boyfriend, I need a real man."（我不需要男朋友，我只需要一个有肩膀的大丈夫）。

　　邓紫棋是一个很虔诚的基督徒，她曾在朋友圈里写道："我只是上帝的管家，如果财富本不是属于我的，那么声誉也不是。那被诋毁又有什么可怕的呢？"信仰让她变得豁达，尽管偶尔也会难过也会愤怒，但她已经学会快速地控制好自己的情绪，笑着去面对。她说她常常在搭飞机看着窗外的风景时会思如泉涌，或许她就是一个被天眷顾着的女孩吧。

By the way（对了），回到开头飞机选座的问题上，如果是我一个人搭飞机，那一定会选过道位置，其理由特别简单粗暴：怕死。万一出个什么事，冲去逃生门能快点儿，呵呵。

一场午夜梦回

2016 年 11 月 20 日凌晨 3 点 27 分，电脑上正播放着纪录片《音乐朋友圈》第一集：《港漂》。这是我从凤凰卫视离职后独立制作的片子，因为耗时耗力又不契合当下互联网环境追求短平快的理念，做了两集之后无奈将该计划暂时搁浅，第二集至今存在移动硬盘里没能上线。我晃晃左手刚满上的红酒，抿上一口，这已经是今晚喝的第三杯。

"我挺努力的。"声音从身后传来。

一回头，只见顾芮宁正斜倚在驼色的沙发上，说完这句话她顺势干了杯子里最后一口红酒，然后起身走到餐桌边在我对面坐下，拿起桌上的酒瓶为自己满上一杯。

"我觉得我太宅了，基本上都在家里待着，能不出去就不出去，东摸摸西摸摸，开开电脑，听听歌写写歌，录一录，然后练练吉他练练琵琶，很快一天就过去了。我不知道你有没有这样的感觉，在香港的时间特别琐碎。"顾芮宁看着我说。

"我对香港又爱又恨，爱它的便利、多元，如果抛开生活成本，这里简直就是理想圣地。无论国际还是国内的演出几乎都会在这里上演，结交的朋友从事各行各业，他们的共性是优秀、独立，加上多元的文化碰撞，这些都在帮我重塑我的价值观。但是你知道，生活虽要有精神层面的补充，可终归离不开物质上的支持，经济基础决定上层建筑嘛。香港的住房条件实在太差，我好多港漂小伙伴都纷纷回归内地怀抱了。"我说。

"是啊，你看这个房子，也就四十几平方米吧，开放式的客厅加厨房，两间卧室加一间卫生间，客厅的大窗户正对着维多利亚海港，天天坐在沙发上就能看到对面的中银大厦和香港会展中心，作为单身公寓相当不错吧？可对门住着一家三口，房子格局跟这间一模一样，这个地段这样的精装，每个月房租得两万以上，还不包括水电费和物业。我这间房子是公司给租的，他们真的很照顾我，所以我特别想做出点成绩。然而这几年的音乐环境并不好，加上香港的音乐环境与内地不同，我又是个港漂艺人，抛开市场不说，唱广东话还是普通话都变成了我的一种困惑。"顾芮宁叹了口气说。

"你还不睡啊？"妈妈推开门睡眼惺忪地问我。我惊醒过来，面前的电脑已进入自动休眠状态，我回过头回答说"快睡了快睡了"，一边回想刚刚小憩时的梦境是那么真实，真实到醒来时我分不清现实与梦境，甚至有一秒恍惚，疑惑为什么妈妈也会在香港。按下空格键，画面恰是顾芮宁和我正坐在她家的驼色沙发上对谈，难怪。

我和顾芮宁搬到香港的时间几乎前后脚，她刚到香港不久便来做客我的电台节目，粗略一算，我俩相识已有三年。或许因为她是南京人，我是杭州人，同属江南，放在一个完全陌生的粤语体系里，我俩就算是老乡见老乡，自然很快熟络成为好友。对所有港漂来说，语言必当是初到香港的第一道障碍。为了更快地融入香港的演出环境，公司要求当时完全不懂广东话的顾芮宁在日常生活中都尽量使用广东话以培养她的听说能力。来上我的节目终于可以自如地说普通话，让她轻松不少，也跟我分享了很多她说广东话闹出的笑话。

因为常受 TVB 港剧的熏陶，顾芮宁来香港没多久便很快能听懂广东话，但其实脑子还停留在普通话体系里。有一次公司同事打电话告诉她第二天的通告时间，说："Elaine（顾芮宁的英文名），十二点钟（广东话发音里，"二"同"一"）。"结果她第二天十一点到楼下左等右等不见人来，打电话去问才觉悟，哦原来是十二点。去上香港电视电台的访问也让顾芮宁相当焦虑。由于不熟悉香港节目的节奏，加上自己还很"菜"的广东话，每当主持人让她用一分钟的时间介绍自己，她总是辛苦地说完"我是 Elaine，我来自南京，现在在香港做音乐"就到时间了，根本还来不及细说那些有故事的经历。而香港人聊天又喜欢单刀直入，我们这种喜欢将事情的来龙去脉都一一道来的特性根本无法展现。我问过她为什么非说广东话不可，她说公司硬性要求她必须说广东话，不说被抓到就罚钱。而她是个很怕羞的人，刚到香港的前三个月对外完全不敢说广东话。自己买广东话教学的书默默在家自己练，但是出去还是一句都讲不出来，公司就想出了这么个办法来激励她。语言这种东西越不说就越不会说，只有跨过自己内心的防线才有可能进步。

在顾芮宁家的小房间里有一张超大的员工证，那是签约环球唱片那天公司颁给她的，代表她签约环球唱片了。也就从那一天起，顾芮宁对自己职业的认知转变成了"我是一个艺人"，在内地她更接受她的职业是乐手和歌手，而非艺人。

毕业于南京艺术学院音乐系的顾芮宁，四岁便随名师学习琵琶，在大学期间因考虑到琵琶专业的就业机会偏少，于是自学起了电吉他。或许是因为同为弹拨乐器，精通琵琶指法的顾芮宁很快就能熟练地演奏吉他并组了一支自己的乐队开始表演。毕业之后顾芮宁义无反顾地加入北漂大军，当时做酒吧乐手是她主要的收入来源。但机会总是会眷顾有准备的人，在一次小型音乐

party（聚会）中，顾芮宁出色的吉他表演吸引了谭咏麟的注意，之后谭咏麟便力邀她担任其 2010 年"再度感动"香港红馆演唱会连续八场的专属乐手，并与她合唱两首歌曲。随后的三年间，顾芮宁以吉他手和表演嘉宾的身份参加谭咏麟"再度感动"演唱会国内外巡演超过 50 场，并在 2013 年签约香港艺能正式进军香港乐坛。而后的三年间，除了写歌及录制唱片，化妆、造型、上通告、做演出、出席各种品牌活动成了顾芮宁的工作常态。

愿意放下原有的一切去追寻梦想一定是基于充分的热爱，顾芮宁对于吉他便是如此。大学毕业那会儿，家里人希望她去民乐团或省歌舞团，希望她有个稳定的工作和生活。然而她并不甘心过这种一下能看到头的生活，背着吉他就去北京北漂，带着那个暑假挣的 3000 多块钱，一天演出两场，七点到九点去一家自助餐厅演出，九点以后再去酒吧演一场。

"能文能武，会写词作曲又会弹琵琶，她应该是独一无二的了。"这是谭咏麟对顾芮宁的评价，也是他非把她签来香港的原因。作为谭咏麟演唱会的乐手，顾芮宁第一次登台便是在香港红馆，每一个华语歌手都梦寐以求的舞台，而且除了弹吉他，她还跟谭咏麟合唱了两首歌。

"你知道我那时候的心情有多忐忑吗？那时只要有人问我

你紧张吗，我就紧张了。幸好有一位吉他前辈，他叫 Joey V，一直跟我说 you can do it（你能行），不管我弹什么他都对我笑，给我鼓励，还帮我调音色。因为女生的手不像男生的手那么大那么有力，他说你要让别人觉得你有力量，然后亲自蹲在地上帮我把吉他效果器的音色调得肥一点壮一点。原本"再度感动"是和 Joey V 一起参与内地巡回，结果第一场结束的时候他走了。所以那时候我说音乐是个传承，我叫 Elaine Koo，我就把 E 和 K 组合在一起用圆圈圈住，底下是一个大 V 托住我（顾芮宁的名字符号书写），既是对他的感恩，也是表达音乐的传承。"

顾芮宁和她的团队用了三年的时间来筹备她签约香港公司后的第一张专辑，其间她找来了包括黄贯中、邓建明、黄仲贤、李延亮在内的十几位国内最举足轻重的吉他手跟她合作。顾芮宁说请他们有一部分是出于自己的私心，因为她是吉他手，她想让人家真的了解她在干什么，也想让家里人看到她这几年一直在努力，并不是整天游手好闲。

近些年，港漂已不再是一个新鲜词，和那些离乡背井到北京打拼的北漂们一样，越来越多怀揣梦想的年轻人选择南下到香港发展以寻求更多的机会。据香港入境事务处的统计，近十年获批入境的港漂数目累计超过 16 万。其中运动员及表演者所占的比例最高，仅 2015 年就有 10673 人，因此也延伸出了一个新的名词"港漂歌手"。如此看来，顾芮宁是幸运的，至少在香港乐坛还有她的一席之地。至于其他的一万多人，我不知道他们的名字，只从数字猜想他们大概正在香港某处为自己的音乐理想努力着。

25年前，民谣歌手艾敬在《我的1997》这首歌里唱道："1997快些到吧，我就可以去香港，1997快些到吧，让我站在红磡体育馆……"如今去香港已经没有往日那么困难和麻烦，只是在我们的印象中已经成功了的港漂歌手似乎仍然只有王菲一人，年轻的港漂歌手在当下的音乐市场中能否崭露头角并最终走上华语乐坛的巅峰，我们无法断言却也满怀期望。

"努力不一定能红，要看她自己有没有这个运气。"谭咏麟如是判断顾芮宁的星路，也适用于每一个正努力奋斗的人。

♫扫一扫，收看视频版

大的胆小鬼，还是大胆的小鬼

2016 年诞生了许多网络流行词，如老司机、套路、北京瘫等等。如要选出 2016 年最励志的一句话，我想莫过于王健林先生的那句："先给自己定个小目标，比如一个亿。"此言一出，不说震惊武林，也的确在坊间引起了不小的骚动。很多人用这话来自嘲，顺便搭上马云的那句："梦想还是要有的，万一实现了呢？"说者或许的确出于真心，而听者却很可能将这鼓励当成励志的心灵鸡汤，干了一碗又一碗，然后转化成尿液排出体外。结果，梦想依然没能照进现实。尤其在这个一切求快的时代，稍不留神便觉自己跟不上时代的步伐，年纪越长也越患得患失，不愿"舍"也不见"得"。这点上，不得不佩服 90 后的娱乐精神。

"我是大胆的小鬼，也是大的胆小鬼。"说这句话的人叫李拾壹，生于 1991 年，香港人。他的新浪微博认证为"香港作曲人"，最有名的代表曲应该是写给林宥嘉的《自然醒》，同时他也是独立唱作人及电影配乐人。"搞笑"是他留给我的第一印象，而《大胆小鬼》是我俩初识时他所发行专辑的名字，也是那时他对自己的认知。

"我发现自己是个很大胆的人，会做一些很坏的事情，但心里又是一个很胆小的人，这可能和我的成长环境有关。我是单亲家庭长大的小孩，心里缺乏安全感。我在寻找自己的过程里发现"大胆小鬼"就是我性格的形容词。虽然我给专辑取名《大胆小鬼》，但其实并没有这首歌，我想在我 50 岁那年才写，那时我的经历会更成熟，到时再回头看我是一个怎样的大胆小鬼应该比现在写更有趣。"李拾壹说。

如此跳跃性的思维逻辑很 90 后，也很李拾壹。"拾壹"是艺名，至于他的真名是什么，或许他告诉过我，可我实在想不起来，也没再问他。毕竟名字只是符号，何况李拾壹这个名字跟他这个人早已画上等号，连他中学同学也这么叫他。因为中学话剧表演课上，他饰演了一个叫拾壹的人，演出结束，这个名字也就成了他的昵称。他说他很喜欢这个名字："这个名字很好记，不过也有人会叫错，叫成十三、十四之类的，当然我也知道他们是在叫我。"每个人生来便会被长辈们赋予一个名字，里面倾注了他们对我们的期望，我们无法拒绝，也从未被问及是否想成为他们所期望的人。倘若长大之后有机会自己改名，那反倒更能代表自己的真实个性及想法，不是吗？人如其名，李拾壹果真就是一个无厘头的年轻人。

这个人做过很多出格的事，其中最令人匪夷所思的是他曾在演舞台剧时，在众目睽睽之下全裸，尽管他说是因为角色需要。即使是李安这样的大导演要求，演员甚至也要考虑纠结再三，而他竟然只是为了大学毕业作品表演便如此牺牲，厉害。又比如他写的歌。不是我推销，你真应该去听听他的专辑，当中收录的作品绝对不按套路出牌，要说听后感，大概多数人的反应是："什么鬼？"

随便举两个例子，有一首歌叫《你恨唔到咁多架喇》（《你恨不了那么多》）。整首歌短短 1 分 16 秒，录的是他洗澡时不停反复唱"你恨唔到咁多（你恨不了那么多）"，夹杂着冲凉声以及他爸爸在门口骂他"怎么洗那么久？"完全将洗澡的场景真实还原。

又比如翻唱《给我一个吻》，这首歌的 MV（音乐短片）里大概有上百个女生献吻李拾壹。我问他："你翻唱这首歌是为了获得 100 个女生的吻吗？"他说："刚开始不是，但后来是。《给我一个吻》是我们很小的时候听过的歌，年轻的朋友或许会觉得这首歌有些土气，而我的版本是把它变成乡村民谣的感觉，去掉了原本歌里的那一点点土气。在拍 MV 前，监制提出有没有可能找到 100 个女生亲吻我的脸颊。一开始我是拒绝的，后来想想活了这么多年，难道还找不到 100 个女生吗？于是给通讯录里所有的女生发讯息，她们当然都很错愕，但好在最后都来了。有一些隔了十年没联络，还有一些是朋友带着朋友来，我们互不认识，她们却都在那一天亲吻我的脸。那天是我最幸福的一天。"

老实说，在专访李拾壹前，我只是简单地将他定性成搞笑歌手，就跟大多数人对大张伟、薛之谦的认知类似。然而经过几次专访，加上后来的几次朋友聚会与私下交谈，我渐渐发现他比很多人有想法得多，也努力得多。翻看李拾壹几年前的相册，会发现他很喜欢在不同的场合，摆出单手撑住墙壁，整个身体倾斜，与地面形成 45 度角的姿势。他将这个姿势命名为：撑住我的英伟。名字很搞笑，而且拍摄时常常手滑导致整个人扑街，但即便如此，他也还是要做。他说其实这个动作是用来自嘲的。他常常很不自信，觉得自己一点都不厉害，大家看到他现在获得的成绩全靠身边朋友的支持，厉害的其实是朋友们。单手撑住墙壁的动作看起来很搞笑，它背后的意思是提醒自己其实自己没那么好，要感谢身边人一直在撑他，帮助他。

"有人问我，你怕不怕唱搞笑的歌会被人定型成谐星。老实说我不怕，因为我知道我内心是个认真的人。我不是帅哥，所以要让别人来听我的歌自然需要一些办法，最直接的就是搞笑。
而当他们因为觉得我好笑、好玩来听我的歌之后又会发现，原来
李拾壹并不是他们想象的那样。我把我的歌给一个女同学听，她
听完后不发一语，后来她说：'李拾壹，你这个人这么低能，怎
么能写出这么认真又有魅力的歌呢？'尽管这才是真实的我，但
我也喜欢让我身边的人笑。"李拾壹说。

喂我叫小李

咪妄想逼我现形

还未死有乜心机

最喜欢 online（在线）激战坐喺屋企

喜好随机一句就 KO（击倒）你

从来没有避忌

我少理地产少理财经

小李无聊系我绝技

——李拾壹《小李》

在这一世里，大多数的我们只是茫茫人海中不起眼的小人
物，除了家人、朋友外，或许并没有人关心我们的想法，也不在
意我们的能力。可每个人都有做梦的权利，也都有各自的使命。
梦想无关大小，无关现实，哪怕我们所定义的成功在旁人眼里是

那样的微不足道，可对我们来说却能收获极大的满足。不是每个人都能像王健林那样，将一个亿视作小目标，我们不用逼自己伟大，只在一方小天地里有梦和快乐，也同样有价值。如果我们的个体是 1，努力也是 1，当 1 加 1 大于 1 时，我们就已经离梦想更近了一步，不是吗？如果现在的你也是一个"大的胆小鬼"，那么希望到 50 岁时再回头看，你会笑着感谢自己曾勇敢地做了一个"大胆的小鬼"。

林二汶：感谢我的 23 岁

　　17 岁的时候你在做什么？对着满桌子的试卷准备高考？在操场挥汗如雨只为投进一个三分球？暗恋隔壁班那个像丁香一样的女生？还是想着要做一些疯狂的事例如组一支摇滚乐队？在香港有两个女生就这么勇敢地把梦想变成了现实，她们是卢凯彤和林二汶，她们是 AT 17！在出道前，这两个爱创作的女生各自组队参加"原音 2000"歌唱比赛，私底下认识后经常一起表演。后来林二汶的声音获黄耀明赏识，受邀试音。她带上好友卢凯彤一同前往，没想到两人随即被香港独立音乐厂牌——人山人海签下，组成 AT 17。团名 AT 17 的灵感来自美国创作歌手 Janis Ian（珍妮斯·伊安）的成名作 *AtSeventeen*（17 岁时）。另外，AT17 出道时，卢凯彤和林二汶分别是 15 岁和 19 岁，平均年龄刚好是 17 岁，所以倡导者黄耀明决定以 AT 17 作为队名。虽然卢凯彤和林二汶现已各自单飞，但她们活力的形象却时常出现在各大音乐节和 live house 中，只要你看过一次她们的现场，你就会瞬间被她们的热情和活力点燃。

自从那一天起　我自己做决定

自从那一天起　不在意谁的否定

自从那一天起　听我说的道理

When I am after 17…（当我 17 岁以后）

——陈绮贞《after 17》（17 岁以后）

17 岁似乎是一个代表着"长大"的年纪，在成人礼那天，我们信誓旦旦地说着从今天起要怎样自由，从今天起全部的事由自己做主，等等，以为自己真的从那天起成了真正的大人。然而时间继续往前，现在的你再回想 17 岁时的自己，是否会笑笑当年的天真，然后感叹长大的真实模样？或许你已记不清究竟是哪一件事或哪一个人触动了你，但你一定记得从那一年起，你的观念从此转变，你像获得新生般从此变得笃定、自信，也有了独立思考的能力。林二汶说，她的重生是在 23 岁那一年。

"23 岁是我的人生观、价值观、世界观开始开花的年纪，一切的想法从那年开始慢慢成熟。然而成熟是一条漫长的路，从 23 岁开始，而完结是在生命终止的那一天。"说这段话时的林二汶剪了一个利落似男生的短发，面部轮廓及五官线条棱角分明，像一个几何体。倘若只坐着不说话，会以为她是一个难以接近的人，可她的歌声却有种小女生的柔美。她自觉说话时的声音最贴近她本身的性格，理性，条理清晰，不喜拖泥带水，同时也是温柔的，没有太大的脾气。我认识她的时候，她 32 岁。

在成长的过程里，女生通常比男生早熟，二十几岁的年纪便学会规划自己的人生，而男生大多数还在打游戏，以为自己拥有成熟男人的担当，实则思考问题的方式还是像热血大男孩。这时候如果身边有一些长辈的提点，对于心智渐渐成熟的女生来说无疑是幸运的，林二汶很庆幸在她 23 岁时遇见了这份幸运。

"跟长辈聊天，很多时候作为晚辈的我们会唯唯诺诺，生怕自己见识浅薄，说出一些会被他们认为肤浅或幼稚的意见。我很幸运遇见了想法开明的长辈，让我能自由表达我的想法。不管我的想法是否愚笨，长辈们从来不会小看我，反而会给我启发，让我更有智慧走自己的路。比如周耀辉和于逸尧，感谢他们提点，让我成为现在的我。"林二汶说。

周耀辉可以说是林二汶在人山人海公司时一位非常重要的朋友。在没有特定工作的时候，周耀辉都住在荷兰阿姆斯特丹。有一次，林二汶独自去荷兰旅行一周，其中两天自然前往阿姆斯特丹探望周耀辉。阿姆斯特丹是一座被运河包围的"回"形小城，他们相约从一顿非常丰盛的早餐开始，沿着运河一边散步一边闲聊人生。

　　林二汶回忆："那天其实我们没什么特别的话要说，却反而让我学会原来与朋友相处可以很慢。他说他的故事，我说我年轻的想法，我们可能有意见分歧，但让我知道原来人与人之间的相处，舒服的感觉才是最重要的。我很记得那两天在他居住的城市我们的交流。他是一个很开明的人，他觉得在生活上有很多的可能性，我们都不能错过。所以他写给我的歌词都有这样的哲理，比如《漂泊》。这首歌说的是我一直会跟你一起，我从来都会在你身边，然而我们在自己的世界漂泊，最后总会相遇。这种很分开又很相连的感觉，就是周耀辉的浪漫。他曾经用'一言为定'来思考爱情，是不是必须说同一种语言才能在一起？如果我们各说各的语言，是否还能相爱？他用哲学的思维探讨生活中的可能性，这跟我很像。认识他的时候我 23 岁，那是我塑造性格的重要阶段，我很幸福在那个时候有他这样一位良师益友在身边陪着我。"

　　　　好想你明白漂泊多美丽

　　　　世界越难把握我们越该放弃

　　　　好想我不管漂泊到哪里

　　　　等着你

　　　　好像一个人归于天和地

　　　　　　　　　　　　　　　　——林二汶《漂泊》

　　我始终认为每个人的性格都不单一，我们无法简单地用一个词概括一个人，往往我们看到的也不尽是全部的真相。尤其身为表演者，更容易被标签化。林二汶又是幸运的，她不仅是歌手，还是电台 DJ 和专栏作家，在每一个身份里，她都能自如地表达。

　　我还在香港工作的那几年里，由于上晚班的缘故，每周一到周五在下了节目之后会听听香港其他电台的节目，一来放松，二来学习。那时较常听的便是林二汶的电台节目《1872 游花园》。这是一档听众打电话分享自己亲身经历的节目，气质相当独特。记得有一期他们聊的话题是：说说小时候被骗的故事。一个听众打电话进去说小时候挖鼻屎，他妈妈跟他说"你再挖就会死掉"，但他还是不能自拔继续挖，还挖出了一颗很大的鼻屎，但他想到他妈妈跟他说挖鼻屎会死，于是他又把鼻屎塞了回去。又有一期讲小时候被欺负的故事。林二汶的主持搭档说小时候很爱吃橙子，有一天去上学的时候把一个剥好的橙子放在校服胸口的口袋里，结果那天同学欺负他，一边说还一边推他，一下把他口袋里的橙子压扁了。那一刻他觉得整个世界是灰色的，他难过的不是被欺负，而是唯一的橙子没有了，于是他做了一件震惊所有人的事——把衣服兜起来，将挤出来的橙汁一饮而尽。看到这里你一定很想听听这档节目，也会认为做这样的节目一定很欢乐吧。的确，每天晚上听到这些有趣的故事让林二汶很开心，可也因为每晚都需要投入地跟每一个听众聊天，去记得他们说的故事，日积月累的情绪林二汶慢慢身心俱疲，尤其碰上录专辑的那段日子，休息几乎成了奢侈。

"那段时间的精神压力大到你不能说，你跟别人说，别人会认为你在找借口。幸好我的监制于逸尧一直给我鼓励，他跟我说一定会好的，我的努力一定会被看见。我感动的不是我的努力终究会被人看见，而是在我脆弱的时候有这样一个人无条件地给我鼓励，我觉得被爱被关心了。"林二汶说。

我们在做每件事时总希望尽己所能地将其做到最好，碰上需要同时处理两件及以上的事情时，往往需要分散精力。这时我们就会跟自己生气，担心是否没把这件事做好，倾注在那件事上的精力又是否不够，等等。我们虽烦躁不安，却并不要求有谁来帮我们完成任务，要的仅仅只是身边人的一句鼓励。

林二汶坦言："在外人看来，我们的工作很风光，认为做音乐明明是我们喜欢的事，为什么要喊苦？有这些想法的人不是不对，可我们都是人，每个人工作都会面对不同的难处，有些困难是比较难去想象的。当然我的工作收获到的关注和赞赏更直观也更容易被看见，可同时我背负的压力也就相对更大。"

是啊，相比起说风凉话的人，我们会更讨厌叫我们放弃的人。

一句"你不想做就不要做吧"简直成了要命的打击。一句鼓励的话有那么难吗？林二汶说幸好她身边都是爱她的朋友。正如她在23岁时收获成长，从那时起，她也想用自己能说会唱的优势，启发更多的人。

　　2013年，林二汶在香港做了一场名为《对妈有话儿》的一人栋笃唱（脱口秀加唱），即在演出中道出和唱出一个个与妈妈有关的故事，在温馨与嬉笑间探讨子女与妈妈的关系。没想到演出当天，果真有很多观众带着自己的妈妈一起来看，并且在音乐会上对妈妈表白，这让林二汶倍感满足。问及她与妈妈的关系，她说："我跟妈妈本来就是很好的朋友，所以不需要一个场合来对她深情告白，我要对她说的就是放心。作为妈妈看见女儿辛苦她一定会心疼，她不会想到那个付出是应该的，哪怕她理解。我想告诉她放心，因为我的经历让我有比常人更多的收获，我开心你也为我开心就好，你想吃什么就去吃，喜欢什么就去买，不要担心经济的压力。"

　　很多人与家人的关系似乎还没与同辈相处起来那样亲密。林二汶说或许是从小家人就给了她足够的自由，也或许从来她能说真心话的朋友都是比自己大十几岁的长辈，因此令她与家人相处更像朋友，无论生活、爱情、学习、工作，任何真实的感受都能相互分享。她说她从不需要讨好任何人，喜欢听她唱歌就去买她的专辑，喜欢听她说话就听她的电台节目，想了解她深层次的想法就去看她写的专栏。

　　林二汶说："我从来不是一个有梦想有目标的人，我喜欢边走边学，因为不知道人生会带你去到哪里。但切记，不要忘记出发的原因。无论我的名气是否越来越大，但我是人，我也会犯错。我只希望尽力在我的音乐和其他工作上给大家带去正能量，有些事乐观地看，认真地做。做什么都是做人，好好做人是我唯一的信念。感谢 23 岁教给我的这些。"

麦振鸿，从学徒到大师少不了"断舍离"

"第 30 届香港电影金像奖最佳原创电影音乐，入围的有：泰迪罗宾、韦启良《打擂台》，麦振鸿《分手说爱你》……"隆重的典礼，华丽的舞台，入围者各个盛装出席，面带微笑坐在台下，假装对得不得奖并不在意的样子。很可惜，最终麦振鸿与该届金像奖失之交臂。在隔年的一次访问中，我问他是否遗憾，他说："做配乐本不抱有像明星般获万众瞩目的期望，能得奖固然好，没有也无所谓，继续做我坚持的有品质的音乐，不辜负每一部戏才重要。"

"麦振鸿"这三个字对于很多人来说或许非常陌生，但他的作品却很可能是一代人的集体回忆，比如电视剧《绝代双骄》《薰衣草》《仙剑》系列、《花千骨》，电影《老夫子 2001》《Laughing Gor》系列、《花田喜事 2010》等等。你有留意当中的配乐吗？是的，它们全都出自麦振鸿之手。

我跟麦振鸿相识的经过挺有趣。起初我俩只是微博互相关注的网友。大概在 2012 年，我要做一期有关香港电影音乐的专题节目，想起有这位业内大师网友的存在，便给他发私信希望可以对他做个专访。正好隔一周，他受邀出席上海某原创音乐颁奖典礼，我便与他相约那日活动结束后专访，没想到我俩竟在酒店大堂从夜晚一直聊到第二天清晨六点，从此成为忘年交。有趣的是，半年之后，我竟去了香港工作。从那时起，在麦老师的带领下，我更深入地了解了影视剧配乐，并有幸参与了一些当中的工作，也因此更体会到要成为一位电影配乐大师所必须经历的"断舍离"。

1983 年，麦振鸿初入社会，为了生计，先后做过很多工作，间中七七八八认识一些电影行业的从业者。恰逢那几年，香港经济渐渐转好，香港电影也顺势发展起来，由黄百鸣、麦嘉、石天创办的新艺城影业有限公司在那段时间迎来了它的鼎盛时期，甚至逼得势如水火的老牌寡头邵氏和嘉禾在当时联手与其对抗。正如当下的年轻人纷纷自主创业一样，在当时的大环境影响下，1992 年，麦振鸿决定什么都不做，专心研习音乐。隔年，在友人的介绍下正式踏入电影配乐行业。

学徒时期的麦振鸿，虽有原创音乐的能力，但在电影配乐工业显然只是纯新手，缺乏实战经验，拿不准该如何将音乐完美地剪接搭配上剧情,幸好在当时有一位20世纪70年代就已经从事电影配乐的师傅李广添手把手教他。邵氏电影鼎盛的年代,虽有几位大名鼎鼎的原创电影音乐人,包括顾嘉辉、卢冠廷和鲍比达,只不过他们的创作多以歌曲为主,而不是纯音乐配乐。人们很多时候会将歌曲与音乐混在一起统称为电影音乐,其实不然。在当时,几乎很少有电影做原创配乐,那时的电影配乐人被称为电影音乐剪辑师,全香港从事这项职业的也就几个人,包括后来较为有名的电影导演,同时也是演员及音乐人的陈勋奇。他们将国外音乐直接节选,根据电影剧情的情绪对应剪辑,就这样完成了当时几乎全部的香港电影音乐配乐。由于没有原创性,这项配乐工作也就被视作与技工无异。这些电影音乐剪辑师会专门留一间房存放不知从哪找回来的各种音乐录音带。这项工作的职业要求即会看电影,有好的乐感,并且对不同情节有音乐节奏的判断。

"在我入行之前,所有的音乐录制都必须请乐团现场演奏,成本非常之高。"麦振鸿回忆道,他很庆幸自己入行的时间点。90年代中后期,恰逢电脑慢慢开始普及,麦振鸿意识到将来必定是电脑科技的时代,于是报班从写程式开始学。他知道既然要学电脑就一定不仅仅只是学该如何打字,而是从原理开始学,日后才能举一反三。随后,他又自学电子琴,并将电子琴接上电脑,在那个没有任何电脑软件参与制作音乐的年代,还真就让他做出了一部带有电子音乐特性的电影配乐,这也是他独立配乐的第一部电影——《英雄地之小刀会》。

　　电子的声乐配上武侠打斗的画面，这种新颖的配搭令麦振鸿初入行便一战成名。这部电影的监制跟他说："你知道吗？如果你的音乐被徐克听到他即刻签你。"第二天电影监制请麦振鸿去其办公室，一见面便拿出一份合约，当场签订三部电影的配乐工作，并说："你先收下这三部电影配乐的工钱，我知道未来你一定很贵。"麦振鸿拿来一看，哇，一部戏三万，三部就是九万，对于1993年的经济环境来说可谓一笔不小的数目，于是欣然接受。

　　虽说时势造英雄，尽管坐上了时代的顺风车，令麦振鸿的事业迅猛起步，然而谁又能躲得开1997年那场席卷全港的金融风暴呢？1997年香港金融风暴，经济很差，各行各业都深受影响，甚至在当时一部电影配乐只给8000元都有人抢着做。不愿降低身价的麦振鸿自然少了些工作。在1998年，唐人电影公司的监制找到麦振鸿，跟他说："你没有兴趣帮我的电视剧做音乐？"麦振鸿心想，电视剧同电影一样，音乐的好坏势必能影响剧集的好看与否，接下这份工作既能延续他的音乐使命，又的确能缓解当时不景气的生活，何乐而不为？不过，相较于同期其他电视剧好用罐头音乐①作为配乐，麦振鸿依然用他做电影音乐的方式，

_____

① 又名版权音乐、制作音乐，指已经做好的音乐，且有版权保护不能随便流传，只作商业用途。

每首配乐都根据剧情原创。在他看来每一部戏都有它特定的感觉，只有量身定做才不辜负它的特性，以至于他规定每一部戏的配乐版权一定只归自己所有，因为他怕一旦放出了版权，不知哪天他的心血也会沦为罐头音乐，出现在其他剧中。至于他自己，则更加精益求精，即便是同系列电视剧，例如《仙剑三》里也绝不会出现《仙剑一》的音乐，更不用说在《花千骨》里用与《仙剑》系列感觉相似的音乐，哪怕同为仙侠剧。

　　很多人，包括我在内，起初并不理解麦振鸿为什么非得执着地为《仙剑》系列电视剧重新原创音乐。毕竟《仙剑》游戏在当时粉丝众多，当中的游戏音乐可以说是一代《仙剑》迷们的集体回忆，贸然创新很难说会否适得其反。麦振鸿回忆，幸好当时不知者无畏。由于身处香港，他并不了解《仙剑》游戏的受欢迎程度，便也没有包袱，全凭自己对剧情画面的感受创作。当他看到一处桃花花瓣飞舞的场景，惊觉唯美，随机创作出一曲《桃花岛》与之相配。做完交给制作公司，对方一听也觉不错，不过始终忐忑市场的接受度，便提出不如放上网听听粉丝们的意见，实则测试市场反应，没想到效果出奇的好。

　　"这部剧推出之后，一位台湾的粉丝，不知从哪得知我的邮箱地址，给我发邮件说她是从我做《天地传说之鱼美人》的音乐开始喜欢我，在那之前她看的剧来来去去都是类似的音乐，突然有一部剧出现了原创音乐，让她觉得新鲜，也因此更爱看这部剧。虽然我跟这位女生只有过几次邮件来往，从未谋面，但我至今很感激。你知道配乐毕竟不像主题曲，很多时候它只是仅仅被当成背景音乐，很难引起大众的特别留意。所以当收到这些陌生人的肯定，让我更坚定了我所坚持的一切是有价值的。"麦振鸿说。

电影配乐可谓一项超专业的工种，属于被限定的创作，像命题作文，既要有个性化地发散性创造，同时每一个音又必须紧贴剧情的发展走向，甚至旋律的停顿都需贴合剧中人物的情绪以及电影镜头的跳转。因此，经验成为做好电影配乐的重要因素，这也是为什么导演们总习惯将自己的作品交由合作惯了的音乐人操刀，而非为求新鲜创意而起用年轻音乐人。然而一部剧动辄上百首的原创音乐，其工作量可想而知，麦振鸿竟曾同时接下四部剧，每天只睡三四小时成为常态。在他工作室的正中央摆放着一张双人沙发，上面放着一块薄毛毯，在疯狂赶工的日子里，这便是他用来休息的"床"。

"现在我要慢慢退下来，我真的需要有人可以帮我，无论自己的身体状况，还是时间的分配，都已经快到极限。实在有太多的工作在同时进行，时间消耗得厉害。每一部电影或电视剧，从导演到制片方每一个人都很紧张，都希望能有好的音乐为他们助力，每个人都抱有期待，我不能辜负了他们的信任，所以每一首作品我都必须亲力亲为。"麦振鸿说。

麦振鸿的市场价在这行出了名的贵。有一次有一部香港电影的监制和他聊天，说当时有一部戏到处找人打听他的电话，怎知给电话的人说："你找麦振鸿啊？他很贵的！"麦振鸿说，即便他给相熟的导演友情价，也依然贵过市场均价，在他看来，定价高但物有所值，贵在搏命。

"我几年前就放过话，我不做我不认识的人的作品，连电话我都不接。假设今天你给我介绍做剧的朋友想找我做音乐，因为你不是这行的人，但你是我朋友，我会给你面子跟你的朋友通话，但未必会接下这个项目，无论给多少钱都一样。我实在没有额外的精力及时间，一路合作惯了导演会给我足够的空间，且我不用担心版权问题。"麦振鸿看着我，眼神中带有一丝疲惫。稍做停顿后，他继续说道：

"前年于正有意找我合作，在快签约的时候，对方说希望我将音乐版权也一并卖给他。这是我的底线，给再多钱都不可能让我交出音乐版权。还是那句话，因为我做的每一首音乐都是拿命在搏。时至今日没有一家电影公司要求我交出音乐版权，所以你会见我自由地发行我做的这些配乐的 CD，一般市面上见到的音乐辑多数都由影视公司或唱片公司发行，而我的全部都是我自己发行。你帮我写的词我都请你授权给我，而我从来也没有授权过我的作品给任何公司，所以你见到的若非我发行的作品都属盗版。"言语中，麦振鸿显然有些激动。

作为观众，我自然希望他高产，而作为朋友，我曾不止一次地劝他多休息，多抽空陪伴家人，也曾不止一次地问他有否考虑退休。而他呢，总是嘴上说着累，说着做完手上的工作要休息，可往往过了一段时间再问他，他又接了新的工作，依然无休无止。我问他："你觉得人活一世为了什么？工作和家庭哪个更重要？两者可以兼顾吗？"老实说，他的答案让我一时难以接受，却也不无道理。

他说："你还年轻，照理我不该打击你对于爱情与家庭的美好愿想。实际上，家庭与工作的确很难平衡，照顾家庭很可能导致无法尽全力工作，尤其是我这行，它需要不断的创造力和专注力。"随后，他给我分享了一段他的亲身经历。

"在我入行的早期，我也以为家庭和工作可以兼顾，有段时间为了顾家，我把工作室就设在家中，每天一边工作一边料理家事，甚至还要做饭。我记得那时手上正在做一部鬼片，交工后，监制直截了当地对我说：'你这样做音乐很快就会被市场淘汰。'他说我的音乐过时了。这件事对我的震动很大，我意识到若要成就自己的事业，便无法照顾家庭，两者只能择其重。直到现在，每年家人见我的时间甚至还没导演们见我的时间多。我有一个跟我学配乐的助手，他现在 25 岁，也是每天没日没夜地跟我学，

跟我做，完全没时间陪家人、陪女朋友。我不知道未来他跟他的
女朋友会走多远，但我也如实告诉他，这条路不易走，你自己选。"

这番话听来残酷，可事实上，人的精力的确有限，要做到
家庭事业两不误太难，尤其对想要做到行业的金字塔顶端的人来
说更难。当然，每个人的选择不同，对于人生意义的考量也不同，
只能说麦振鸿是幸运的，有支持他的家人，愿意给他足够的空间
让他成就自己的梦想和价值。

有次吃饭，因为知道他常接鬼片的配乐工作，我开玩笑地
问他做这行最怕什么，怎知他认真地回答我说："怕错。""错
不是很正常吗？孰能无过？"我不解。于是，麦振鸿又给我讲了
一个故事。

1997 年，由黄百鸣监制的电影《97 家有喜事》上映，制作
同期，麦振鸿正好参与黄百鸣的另一部关于香港回归的系列电影
的音乐创作。交工当天，黄百鸣先看配上音乐后的《97 家有喜事》，
一看完便问身边人："这部电影的音乐谁做的？不配音乐的时候
我还笑得出来，一配上音乐直接把电影搞得不好笑了。"此言一
出，站在一旁的麦振鸿心想："不好，这个人恐怕从此很难再混
迹于电影音乐圈了。"果不其然，那日之后，麦振鸿便甚少听说
此人动态。这件事令麦振鸿意识到，原来从事这行容不得失手，
一失手可能意味着失业。

　　"一部电影，或者是如今的电视剧，动辄上千万甚至上亿的投资，片方怎会容许音乐影响影视作品的品质呢？一旦失手，倒了招牌不说，很可能从此在这行消失，很残酷的。"麦振鸿说。

　　入行已二十几年，我问他若分别给前两个十年各选出一部代表作，会选什么。他说："前十年是《仙剑》，这十年是《花千骨》，再一个十年，可能是……""难道不是退休了吗？"我赶紧打断他。他大笑了起来，说："你看，我就是永远都没这根筋。"

别太相信第一印象

在心理学上有一个专有名词，叫"首因效应"，即"第一印象效应"，指双方的第一印象对今后交往关系的影响。曾经有一个科学家做过一个试验：给两组被试者看同一张照片，对甲组说这是一位屡教不改的罪犯，对乙组说这是一位科学家，然后让两组被试者根据所看到的照片来分析此人的性格。结果甲组说：深陷的眼睛藏着险恶，高耸的额头表明了他死不悔改的决心。乙组说：深沉的目光表明他思维深邃，高耸的额头说明了他探索的意志。如果说该试验中科学家对照片人物的身份设定太极端，那么回想一下，在现实生活中，无论是情场还是职场，当你认识一个陌生人时，对方的身份和外貌是否构成了你对他的第一印象？而这些表面的依据，在你们日后的深入交往中，还是否保值？老实说，曾经我也是"第一印象"的极力拥簇者，直到认识了他们，让我彻底摒弃了这个观念。他们是杀手锏（KillerSoap），一支香港的独立乐队，大众或许更了解他们的主唱——陈乐基。

初识杀手锏乐队是在 2013 年 4 月，那时我刚到香港工作五个月，对于香港乐坛的认知还停留在"一定要去红馆看一场陈奕迅的演唱会"的阶段。我对受邀参加的每一个香港音乐颁奖典礼都充满着好奇，会拿着手机狂拍每一个获奖歌手。虽然有很多我根本连名字都没听过，但因为从小就耳濡目染港台流行音乐的兴盛，所以自动将所有的香港流行音乐都贴上"洋气"的标签。只是香港的音乐颁奖典礼有几个奇怪的现象：奖项总是从傍晚六点颁到午夜十二点也没颁完；最受欢迎男女歌手总是陈奕迅和容祖儿；到场的艺人个个都有奖拿。正是在这些颁奖典礼上，我知道了有一支乐队叫"杀手锏"。

杀手锏乐队是我在香港访问的第一支独立乐队。一开始听他们的歌，看他们经纪人在访问前发过来的乐队资料和宣传照，我在心里默默地想："哇！这照片怎么拍得这么丑！这个主唱干吗老是唱那么高音，好担心他破音啊！"好在，他们本人长得都还行，他们的现场表演会发光。

在和他们的交谈间，我才了解，原来在香港，不是只有主流唱片公司，还有上千支独立乐队。他们正在被不断上涨的房租逼入位于香港观塘、牛头角、柴湾等区域的各座工厂大厦，这其中也包括杀手锏乐队。那时的他们正准备搬去牛头角的新 band 房（乐队排练用的房间）。所有的装修，从刷墙到铺隔音棉再到拼地板，全都由他们五个人自己搞定。当时的他们白天还有各自的工作：主唱陈乐基、吉他手刘健文和鼓手胡国彬都在教声乐；另一个吉他手欧家伟是香港理工大学物理系的助教；贝斯手陈乐恒还是在校大学生。五个人只能靠每晚挤出来的几个小时为梦想"艰苦奋斗"。

说也奇怪，这两年我们常感慨，音乐行业如何衰落，唱片市场如何不景气，华语乐坛如何难造星……但其实在大唱片公司包装的流行音乐明星之外，有着无数支水平不错的独立乐队。他们因为缺乏经验团队的运营和推广，音乐只被少数的听众收藏，从而被贴上似乎带有独特气质的"小众音乐"的标签。音乐节、live house 成了他们仅有的表演场地。运气好点的，被请去参加个电视节目，或是在选秀节目中被参赛者唱红了他们的作品，比如宋冬野、马頔、逃跑计划，当然还有陈乐基。2014 年，乐队主唱陈乐基参加了《中国好声音》，以一首《月半小夜曲》艳惊四座，一夜成名。在那之前，有多少人听说过陈乐基和他所在的杀手锏乐队？又有多少人知道，他们已经成团十年，举办过内地十几座城市的巡演，参加过大大小小的音乐节，还在香港办了他们的成团十周年演唱会？相信很多看过《中国好声音》的观众应该还记得，当陈乐基在演唱后做自我介绍时说，香港有一支传奇的乐队 Beyond，主唱和贝斯手是两兄弟，因此他也把自己的弟弟拉进乐队，希望可以延续 Beyond 的传奇。这话乍听之下很感人，可仔细想想，主唱和贝斯手是两兄弟跟能不能成为 Beyond

接班人有什么关系？为什么要成为 Beyond 的接班人？香港只有一支叫 Beyond 的乐队吗？

我记得三年前去深圳迷笛音乐节采访，第一天晚上当最后一支乐队即将登场的时候突然下起大暴雨，所有舞台的设备全被淋湿，导致除主舞台以外的演出全部临时取消。就在主舞台被"抢救"的同时，台下所有的观众冒雨大合唱 Beyond 的《光辉岁月》，多励志，多热血，可是 Beyond 并不在场也不可能在场啊！那晚的压轴乐队是唐朝乐队，为什么在那一刻所有人不唱唐朝乐队的歌，反而会一起唱起 Beyond 的歌？

当然 Beyond 的传奇性无可厚非，是他们将香港的地下音乐带上了主流，是他们让全世界的人认识了华语摇滚。但扪心自问，有多少人真的懂 Beyond 歌里的意义？据维基百科说明：《光辉岁月》是一首纪念南非非洲人国民大会主席曼德拉的歌曲，以纪念他在南非种族隔离时期为黑人所付出的努力。当时曼德拉在监禁 27 年后刚被释放，"光辉岁月"一词正概括了他的一生。另据百度百科补充说明：在黄家驹看来，曼德拉的精神内涵是抗争与希望，这与 Beyond 在香港艰辛打拼的背景不谋而合。于是黄家驹就创作了《光辉岁月》这首歌曲。照这样看来，我是否应该理解成：深圳迷笛那晚大家想通过这首歌，冲破暴雨，吼出属于我们的希望："世界是我们的，我们的时代来了！"

是啊，我们的时代来了，Beyond 已经是上一代的传奇了。在国内有那么多为梦想努力奋斗的乐队，他们忍受着体力的极限，一天一座城市地做巡演；他们白天打工夜晚排练，每天只睡四五个小时；他们研究不同的效果器，练习更好的演奏技巧，为了创作出好听的音乐，呈现厉害的表演。他们在常人眼里似乎是不务正业的"废青"，30 岁了还没一颗成熟的心去找份体面的工作，结婚生子赚钱养家。但他们比谁都活得脚踏实地，也比谁都用尽全力。他们有各自的偶像，但并不真想成为谁。他们每个人都在坚定地做自己，于是才会在每次的访问中被问到"你们的音乐风格是什么"时回答："我们的风格就是我们自己，没有特定的术语也没有别的参考。"这话虽然狂妄也的确在理，每个人都是不一样的个体，在我们大声宣告要做自己的同时，也没必要再将谁视为谁的接班人。香港乐坛不是只有刘德华、张学友、陈奕迅、容祖儿、杨千嬅……我们这一代有我们自己的声音，我们学着一点点适应着这个社会的生活，我们改变，妥协，放弃也收获。正如杀手锏乐队的歌《长大就是这样》里唱的：

"为生活而活，岁月没有更多，我终于在时代里迷失自己。没退路的路，尽管有点辛苦，我终于在时间里累哭自己。应该说不说，还是后悔结果，我终于在时光里责怪自己。醉了愁更愁，已经放开的手，我终于在梦境里逃避自己。长大就是这样，长大就是这样。"

独立音乐圈的范冰冰

　　"我大学一年级的时候，有一天去学校途中想起忘拿东西，又折回房间，竟然看到我的室友和她的男友正非常开心地在我的床上啪啪啪。那个瞬间我不知道是愤怒还是被启蒙了，然后就把门关上了。这件事我在心里记了很多年，大学毕业之后想写一首有趣的歌，就把这件事写了出来。"说这段话的人叫唐艺，女生，福建人，在香港学习生活七年有余，身材微胖，平时生活里也一副在巴黎时装周街拍的打扮，酷爱红唇，人称独立音乐圈的范冰冰。而根据这段故事写成的歌叫 *"Why on My Bed"*（为什么在我床上），收录在她的个人首张专辑 *Seriously*（严肃地）中。

　　洒狗血、老清新、女流氓，这是唐艺在微博里给自己贴的标签。在她来上节目之前我就听说她肆无忌惮很敢说。事实是当mic（麦克风）一开，原本半小时的访问不知不觉就在她的口无遮拦中，直奔一小时而去。聊天内容包括损曾子墨，说左小祖咒质疑她不爱男人，吐槽香港颁奖典礼潜规则，等等。我只能说，她对她自己的定位和认知非常准确，没有套路，全是真诚。这种不怕得罪人的性格，倒也让我颇为羡慕。在这个世界上，没有人能独立存在，独木难支，就像"人"这个字，是一撇一捺相互依靠的。无论主观还是客观，我们都是依靠着认识的人、经历过的事，变成了现在的我们。如此看来，唐艺一定是个有故事的人。

　　唐艺是个港漂，能高考考去香港读大学，成绩必然是省里数一数二的。而她却说，她是关键时候命好，平时成绩也没有很好，但当年高考就考了全省第九名，恰巧又看了曾子墨写的《墨迹》。用她的话说，是被坑蒙拐骗地进了商学院，选了会计专业。读了两年之后惊觉所学所用和她当年想象的完全不同，以至于积了很多的怨气，甚至写了首歌叫《香港，香港》，把她在香港学习生活的不满全写了进去，包括曾子墨。"当年我也放弃了清华北大，我以为这里有我的梦想。我也想进个投行再去凤凰，却发现曾子墨的磨磨唧唧是个大幌……"她直言："曾子墨小姐，你当时写的那本书对于大人来说没有什么可读的价值，给中学生看到之后，因为他们当时都在面对高考这么功利的事情，而他们每个人又都想像你那样出名，然后就非常愚蠢地一个个都进了商学院。进了商学院之后发现，这个东西不是适合每一个人的，但是你写的那本书吹牛也吹得太过了。"What？ Are you kidding me？（什么？你在逗我吗？）你能想象我在听她说这段话时目瞪口呆的表情吗？要知道，她当时可是坐在凤凰卫视的电台直播间里说的这段话。在凤凰卫视直击凤凰卫视的主持人，这画面可真讽刺。我问她若当面见到曾子墨，是否也敢这样直言不讳。女汉子立马认怂，说："如果现在她出现在我面前我会对她说：哦曾子墨姐姐，你长得好漂亮。"

大学选错了专业，并不代表从此与自己真正的梦想渐行渐远。相反，在知道自己不要什么之后，才会更清楚前行的方向。爱音乐，会唱歌，还能创作，于是唐艺确定了目标：当歌手。大学刚毕业的时候，她和一个唱片公司谈合约，但谈崩了。后来她的一个朋友正好在香港的文艺复兴基金会工作，这个基金会以香港为基地，联合国内民间力量，支持独立文艺创作，鼓励优秀新创作人。他们常通过各种项目及活动，发掘、启发和支持国内的独立艺术家。该基金会的理事长是歌手黄耀明，副理事长是乐评人、杂志主编张铁志。理事会成员包括作家韩寒、词人周耀辉、电影导演舒琪等一众文艺界大家。天上掉下个这么大馅饼，能认识大卡司（演员阵容）不说，还能逼他们听她的歌。唐艺二话不说，立刻答应。上班的第一天她就见到了明哥黄耀明。当时还有一个文质彬彬的人见到她后伸出手说："唐艺你好，我是周耀辉。"姑娘当时脸瞬间就红了。

"关键时刻命好"这种特异功能被唐艺发挥得淋漓尽致也恰

到好处。又比如出专辑。这个故事发生在 2014 年上海草莓音乐节的时候。香港有个颜值高技术好的贝斯手叫 CMLee，他是跟黄耀明合作很多年的乐手。某天彩排之后他和黄耀明去吃饭，饭前两人在洗手间洗手，突然明哥转过头来一边洗手一边说："CM，我有一个女生要发片，你可以当她的制作人吗？"因为跟明哥合作多年的关系，CM 绝对相信明哥的眼光，于是毫不犹豫地一口答应。就这样，唐艺真的逼他们听她的歌，逼出了让他们为自己制作一张专辑的机会。

唐艺说她的歌都是因为一个片刻而写的。比如《天气这么好，我却在烦恼》里的副歌，就是因为那时候她身体不太好，大姨妈（例假）不规律，坐在马桶上烦恼怎么大姨妈还没来。就在那一刻，词和曲同时冒出来："幸福就是每个月的姨妈都正常。"她说她特别痴迷于自我表达，就想在自我的宇宙里安安静静地胡闹，不准别人对她指手画脚，可心里又在担心别人对她指手画脚。我曾弱弱地问她："你那首'*Why on My Bed*'要不要重新录一个健康的版本？改几个词，这样电台还能播。"她几乎想都没想就说不要，那就不是她的音乐了。或许就是因为这样，唐艺才如此人畜无害、人见人爱吧。

Beyond Beyond

但凡被问及最具代表性的香港乐队，我想鲜少有人第一反应不是 Beyond 乐队，也恐怕不会有第二支乐队能如他们一样，成为两代人的集体记忆。《光辉岁月》《海阔天空》《大地》《喜欢你》《真的爱你》……随便哪一首，在任何场合都能令两个陌生人心生激动，忍不住合唱上几句。

在我的成长记忆里，Beyond 乐队就是遥远的存在，就像各家乐评为他们冠上的"殿堂级乐队"的名号一样，仿佛和我们生活在两个不同的世界。在我出生的那年，Beyond 发行了歌曲《真的爱你》，斩获当年香港十大中文金曲奖及十大劲歌金曲奖两项大奖，从此真正一曲成名。所以在我真正开始有意识自主选择喜欢的音乐时，Beyond 乐队已从四人变成三人，且几近解散。在我的印象里，虽时常在大街小巷听闻 Beyond 的歌，但真正看到 Beyond 的演出，知道原来是哪四个人，是通过一盒 2003 年

Beyond 20 周年世界巡回演唱会的 DVD。那场演唱会，黄家驹被投影在舞台正中，叶世荣染了一头银发。然而，我怎么也不会想到，在看完这盒 DVD 的十年后，我竟在一间不足五平方米的录音室里，与叶世荣进行了一次长达一小时的对谈。从他口中，我记忆中碎片化的 Beyond 终于完整地拼凑出了清晰的样子。

"Beyond 好像一本很厚的书，里面要翻的内容太多了。"叶世荣说。

1983 年为了参加比赛，几个原本只是出于兴趣玩音乐的男生准备认真试一把。当时乐队的第一代吉他手 William 临时给乐队取了"Beyond"这个名字，没想到顺利夺冠，于是 Beyond 乐队便顺理成章就此成立。跟很多其他的乐队一样，因为种种原因，Beyond 也更换过好几任乐手，后来最被大众所熟知的吉他手黄贯中，也是在乐队成立两年后才加入。

"我比较怀念刚认识黄家驹的时候，那时我刚中学毕业。其实我在中学的时候有组过一支乐队，但毕业之后大家都散了，我就在那时候缺一个 bass（贝斯）手，所以就跑去跟琴行老板征求一位好的 bass 手。老板就推荐了一个给我，当天那个 bass 手还带了一个朋友一起来，就是黄家驹。我们几个人一拍即合，有了 Beyond 的雏形。不过后来这个 bass 手也离开了，才换了黄家驹加入。"叶世荣印象中的黄家驹很阳光活泼,长了很多痘痘,戴一副红色的眼镜,穿一条短裤。第一次见面时,黄家驹就不停吹水(侃侃而谈),大谈自己喜欢的国外音乐、乐手,如何给吉他调音,不同品牌的吉他都有哪些特色,等等,总之让叶世荣觉得黄家驹是一个爱吉他如命的人。

不过那次的见面并未促成两人即刻合作,反而先让两人成了好友,时常相约吃饭,彼此交换自己收集的好听唱片。有一天,黄家驹突然找叶世荣说,"不如你来加入我们乐队吧"。原来,黄家驹当时有一支自己的乐队,只不过他并不是主唱,而是弹节奏吉他。据叶世荣回忆,当时黄家驹那支乐队的主唱虽然唱得不错,吉他 solo(独奏)也不错,但似乎总是欺负家驹,常常唱着唱着就对黄家驹说:"你的音响音量太大了,小一点,我听不到自己唱什么。"而黄家驹其实只是很低调地沉浸在自己的吉他世界里而已。后来该乐队的主唱离队,黄家驹顶替主唱的位置,也就是从那时起他才开始唱歌,改练吉他 solo。黄家驹注定是被上天眷顾的天才音乐人,他的吉他技艺在短时间内突飞猛进,随后和叶世荣、李荣潮、邓炜谦参加了由《吉他杂志》举办的山叶吉他比赛,并获得冠军。Beyond 的辉煌从此开始。

不似其他乐队常有队员意见不合,叶世荣回忆,可能因为黄家驹的想法都太好,所以大家从来没有分歧,只要相信家驹就行,他是乐队的绝对灵魂人物,其他人只稍在他的基础上给予补充即可。"家驹不仅影响了 Beyond 的发展，也影响了我的人生。他的智慧让我敬佩。"叶世荣说。

1993 年无疑是 Beyond 乐队最艰难的一年。作为一支独立摇滚乐队，前四年的积累让他们从地下走上主流，发表的作品广受欢迎，并于 1991 年在香港红馆连开五场"生命接触"演唱会，场场爆满。眼看着音乐事业风生水起，一切却在 1993 年 6 月 24 日之后发生骤变——Beyond 在东京富士电视台录制节目时，黄家驹不慎从舞台上跌落，摔成重伤，昏迷不醒；6 月 30 日下午 15 时 15 分，黄家驹去世。

"1993 年家驹离开后，我们三个曾考虑放弃 Beyond，也的确停摆了一段时间。那时身边的亲友以及歌迷都用各种方式鼓励我们继续，所以我们才重新走在一起。不过一开始我们依然无法重拾音乐，每次走进录音棚，看到家驹的乐器，会想起他曾站的位置，他在这间录音棚里的音容笑貌，这些一次次令我们陷入追思。我们始终没有勇气在没有家驹的情况下继续玩音乐，因此新歌也花了我们非常久的时间才勉强做好。"叶世荣回忆。

家驹的离开令叶世荣理解人生无常，珍惜身边人的同时也要珍惜自己的时间。Beyond 第一次分开发展是 1999 年年底做完香港演唱会之后。他们想，进入 2000 年千禧年，或许可以有新的尝试。刚好那时他们的唱片及经纪合约都到期，三人达成共识，不如趁此暂别，各自尝试去做属于自己的音乐，也利用这个时间试试发表自己的作品。毕竟三个人的 Beyond 持续了七八年，大家并没有一个明确的方向，分开发展或许更利于他们思考未来的路该如何走。

叶世荣说："三人时期的 Beyond，当一个人做主唱时，另外两人必须和声，才能让现场声音变得饱满。所以当时我特意找了一位天津的声乐老师，跟他学发声、练习，没想到真的有效果，越唱越好。从此我就喜欢上了唱歌，可以说一发不可收拾。"

要不怎么说不会弹吉他的鼓手不是好歌手呢，只是没想到叶世荣学的第一件乐器不是吉他不是鼓，而是小提琴。提起这段经历，叶世荣倒也不怕自嘲："你很难相信一个玩摇滚的竟然一开始学小提琴，不过我学得不好，拉得像杀鸡一样。好在我清楚自己喜欢听节奏，每次听到摇滚乐里电吉他的效果声也会特别兴奋，所以小时候便在家自学吉他，在学校学打鼓，跟同学们组乐队。"

1999 年年底独立发展后，叶世荣便把他所学全部融汇起来，发行了自己的专辑。2003 年，Beyond 成立 20 周年，歌迷们都希望他们重组，于是他们在 2003 年重新以乐队形式复出，并举办"Beyond 超越 Beyond Live 2003"世界巡回演唱会。那场演唱会最特别的地方是利用投影还原家驹在世的样子，意图带着家驹走遍全世界，完成他曾经的心愿。演唱会完成后，三人的 Beyond 又陆续参加演出，也发表了几首作品。然而这对叶世荣来说相当苦恼，他说："毕竟投入 Beyond 还是自己的音乐是两种完全不同的状态，两样兼顾只会两样都做不好。"尽管歌迷们总希望 Beyond 永存，认真权衡过后的三人最终还是决定各自回归自己的音乐，于是 2005 年，Beyond 正式宣布解散。

人最难的就是放下过去的成就。不可否认，Beyond 的光芒绝对盖过三人各自的成绩，卸下 Beyond 的光环，也意味着从头再来。也许起跑线比新人靠前，相对地，受众对他们的要求也就更高。我问叶世荣："离开 Beyond 是否觉得可惜？"他回答说：

"我觉得'可惜'这个词看你怎么理解。人到了这个年纪，越来越明白'舍得'的含义。小舍小得，大舍大得，不舍不得。对我来说离开 Beyond 自然可惜，但那是一种取舍，你可以放下。对歌迷来说一定有遗憾，很多 90 后的歌迷可能从来没看过 Beyond 的现场演出，只是通过 DVD 认识我们。或许以后我们仍有际遇重现 Beyond，只是现在我们谁都不好说。世事无常，一切随缘。"

坊间有关 Beyond 的讨论从不曾间断，有人猜测他们的关系，有人怀念往日的美好。近几年 Beyond 离我们最近的一次，应该是黄贯中出现在《我是歌手》的舞台上。在黄贯中出场前，主持人胡海泉这样介绍："这位歌手跟其他人不太一样，我们印象中他好像并不一定是个歌手，但是他却是华语音乐史上最棒的、殿堂级的、大师级的摇滚乐队的吉他手。"你看，还是逃不开与 Beyond 的联系，参演的第一首歌还是《海阔天空》。黄贯中在 VCR（录好的视频）里说："第一次见面，可能很多人不认识我，但是我觉得只要这个音乐响起，他们不认识我没关系，他们马上会想起那个时代。"的确，这首歌让现场每一位歌手和观众眼泛泪光，人们太久没看到 Beyond 的现场演出了。然而，Beyond 的魅力过后呢？

"我不会去参加选秀节目，我可以直接说，我去，一定输！每个人都比我唱得好。选秀应该留给新人，我在这个行业这么久，有自己的态度，没必要再去参加被评价。当然黄贯中去参加有他的理由，我也觉得他做得很好。无论结果如何，黄贯中在我心目中就是最好的歌手，也是最好的吉他手，他是最棒的。"叶世荣说。

2011 年结婚后的叶世荣和妻子定居北京，如今的他自称"忙人"，可只要有时间一定用来陪伴家人。他说因为妻子最大的梦想是有一个温暖的家庭，他也是。"我现在很幸福，能生存能活下来就都是幸福的，这个世界上有很多比我们不幸的人，我们要知足也要惜福。"这种状态令我想起《论语》开篇《学而》中的一句："人不知而不愠，不亦君子乎？"

我问叶世荣，如果让他选一首最能代表 Beyond 精神的是哪首歌，他不假思索地回答："《海阔天空》。"

> 原谅我这一生不羁放纵爱自由
>
> 也会怕有一天会跌倒
>
> 背弃了理想谁人都可以
>
> 哪会怕有一天只你共我
>
> 仍然自由自我永远高唱我歌
>
> 走遍千里
>
> ……

耀辉，我想给你一个拥抱

有人这样评价香港的三大填词人：林夕多情、黄伟文摩登、周耀辉另类。我有幸在不同场合，或浅或深地接触过这三位词人，对以上评价大概认同，却也有异议。这三人中，我跟黄伟文的距离是最远的，在香港的音乐颁奖典礼上见过几次，打扮的确摩登。还有一次是在拉斯维加斯的某赌场酒店，工作场合外的他一身 T 恤牛仔裤，没有过多装饰，很是低调。跟林夕的距离要比黄伟文近些，除了听过他的几场讲座之外，还上过几堂他的填词课，"段子手、套路深"是他留给我的印象。记得有一节课后，我走去跟林夕自我介绍，表明想专访他的意图，他当即写给我一个联络邮箱，殊不知我们共同相识之友早已将其真实联络方式"出卖"给了我，我一看他写的地址便知是搪塞。当然对陌生人特别是媒体人保持安全距离，这做法无可厚非，也怪不得他。三人中，我自觉距离最近的是周耀辉，亲切、温暖，在深谈几小时后，直想给耀辉一个大大的拥抱。

　　和耀辉的缘分得从他写的书《纸上染了蓝》说起。当时我的编辑，联络了周耀辉几天之后来上我的节目。要做专访自然得先做功课，知道他刚出新书，我就跑去诚品书店想找来看看。一开始以为词人嘛，还是这么厉害的大家，大概是写了一本写词心得或是歌词背后的故事之类的书。一到诚品，在音乐类书架上来来回回找了几遍无果，问店员后被带去了文学类书架区，附近零散坐着些翻阅的人，手里捧的都是《纸上染了蓝》，原来这是一本回忆母亲的书。

　　这本书的形成轨迹也挺离奇，先是一个动机，而后是一张纸，慢慢变成了另一本书的序，直到在香港杂志《字花》的"逼迫"下才最终写成了书。周耀辉说之所以想记录母亲的经历，只因不想她似从未来过这世界。"妈妈无疑对我来说很重要，可对于我以外的世界，她就像是一个从来没有出现过的人。她们那个时代没有发达的网络，连照片也很少，更不用说分享出去给别人看。如果我不记录下来，根本没有人知道她的经历她的故事，她就像从来没在这个世界上存在过，我不想她从来没有出现过。"

　　斯人已逝，可待唯我。在母亲离世后不久，周耀辉想很认真地去思念她，所以特别去香港的赤柱，一个对他来说是天涯海角的地方。他记得那天是在黄昏的时候，对着海把对母亲的思念写在纸上，然后放进牛仔裤口袋，像是完成了一场仪式。过了几天当他把这张纸再重新拿出来的时候，发现它被染成了蓝色。感性的周耀辉愿意相信这抹蓝色是母亲对他的牵挂，这张纸变成了他与母亲的约定。所有的故事就从这张纸开始，用这个名字《纸上染了蓝》，记录对母亲的追忆。

　　写自己的亲人，特别是已故的亲人是很难的一件事，每一次提笔不免又一次生生地勾起过往的记忆，越是去想就越是提醒自己对方已经逝去，一遍遍承受想见却再也见不到的痛苦。人是很保护自己的动物，想写又不敢写。周耀辉直言自己不是很勤奋的人，都是别人找他写他才写。香港的杂志《字花》邀请周耀辉写专栏时，他想或许这是一个好好写母亲的机会，于是跟杂志社提出想法，得到了对方的同意之后，以每两个月一篇的频率写了两年。每一次写，周耀辉都感觉离母亲很近，但两三天写完之后就像又跟母亲做了一次道别。

　　其实周耀辉跟他母亲实际相处的时间并没有很长。1992年，因为不喜欢香港紧张的节奏，加上从小就对外面世界充满向往，以及致命的感情原因，让周耀辉选择离开香港出走荷兰。"试图说任何人、任何事都是一种虚荣，于我，虚荣也许是我稍有把握的真实。"周耀辉坦言，对母亲的回忆并不全然来自与母亲的真实相处，有些事是从与母亲一起住在香港的姐姐口中得知的。写书或是写词有时候是半虚构的，于周耀辉，这也许是他最有把握的虚构了。

　　人的情感表达方式很多样，倘若不细心观察很难自知。在专访周耀辉的时候，我跟他分享了一次我的亲身经历，它发生在我姐姐结婚的时候。有一天我突然收到姐姐的结婚请柬，尽管在那之前的几个月，我就已经知道她快结婚了，但一直没怎么当回事，也不觉得她和我的关系跟过去有什么改变。直到收到实实在在的请柬的那一刻，我崩溃了，好像从那一个节点开始，她不再属于我。周耀辉很理解人表达情感的复杂性，他说小时候他的大姨因为交通事故意外过世，然而他母亲和二姨在通电话时并没有悲哀，反而在电话里控诉他死去的姨妈为什么不留在香港等等。因为有很长一段时间他母亲和大姨因为距离原因没有任何沟通，可以沟通后大姨却发生了这件意外。所以他母亲潜意识地将悲伤转移成愤怒，以寻求心理上的安慰。

　　周耀辉自己表达情感的方式又何尝不是复杂的呢？在中国人的传统观念里，家丑不可外扬，且不说公众人物，哪怕是素人，也鲜少愿意对外倾诉家庭的矛盾与不快。毕竟在主流价值观里，对于家的定义，往往是其乐融融，和和美美。幸好，这个世界上总有一些敢说真话的人，替我们道出压在心底难以启齿的秘密。周耀辉在《纸上染了蓝》里，毫不避讳地描述了从小和母亲及姐姐相依为命的穷苦的生活，也替母亲的辛苦打抱不平，强烈控诉

父亲的背叛，坦白对父亲的记恨。他说他之所以如此不加防备地
吐露心声，是想鼓励更多的人可以勇敢地表达自己的情感。为什
么这些不可以说呢？为什么这些一定要埋藏在心里呢？

　　周耀辉对于父亲的感情是既爱又恨，恨甚至超过了爱。在
他的印象里，父亲是不存在的，在他两岁的时候，父亲就去了另
一个地方，和另一个女人组了另一个家庭。周耀辉对父亲其实没
有任何印象，之所以恨是因为在青少年时，在他慢慢长大变成男
人的过程里，当意识到男和女有了明显分别的时候，当渴求有父
亲的陪伴和教导却没有的时候，他感到不知所措。现在他的父亲
已经 90 多岁了，他直言哪怕是到现在，他都无法彻底放下心中
的那股怒火。他和父亲之间究竟发生了哪些？为什么他情愿选择
记恨而不是忘记？"我没有爸爸，所以不知道别人是怎么跟他们
的爸爸相处的。我只知道我没有，对我来说，没有就是我对我爸
爸的回忆。我想有差不多经验的人都会知道，想不记恨是不可能
的。虽然一个人不在你身边，但你知道他的存在。你知道他应该
是一个跟你很亲密的人，然而现实却不是。我从来没有尝试去忘
记他。"周耀辉说他唯一能说服自己谅解父亲的理由，是父亲曾
经对他的伤害成就了如今这样的他，他觉得现在的自己很好。周
耀辉说他不知道对父亲是否已经谅解，仅凭空去想好像已经放下，
但如果直面或电话联络父亲，谈回以前，他不知道会否再次愤怒。

"在我们的成长里，跟我们比较接近的往往都是女性。"在周耀辉成长的那个年代，他的经历绝不是个例。因为时代的情况，特别是经济以及婚姻制度的影响，那时期多数家庭的父亲会离开家去另一个地方赚钱，或是去做海员。而当时很多男人有多个的老婆，很多家庭的孩子常常没有父亲跟他们一起。令周耀辉意想不到的是，当《纸上染了蓝》出版后，他跟比自己年轻30年的孩子聊天，发现在他们的成长过程里也很少见到父亲。原来父亲不在家是一种普遍现象，维系亲人的都是女人。

在与耀辉的这次深谈之后，我总算可以理解为什么他写的词更倾向挖掘主流价值观以外的东西，即便是写情歌。"情歌没有什么不好，但如果里面表达的都是差不多的爱情观，就有点问题了。所以如果有人找我写情歌，我不太愿意写主流的，例如一生一世的爱情观。"孔子曰："朝闻道，夕死可矣"。周耀辉认为创作本来就应该不断创新，至少要让自己能从中获得乐趣。即便是写爱和情，周耀辉也喜欢跟自己玩游戏。他常常思考难道这个世界只能男爱女，女爱男吗？其他非主流的情感难道不存在吗？答案当然是否定的，"既然你们很少写，那我来写"。

我问过耀辉一个问题："阿姆斯特丹和香港，哪个对你来说更有家的感觉？"他回答："我是一个贪心的人，所以我从来都很努力地去争取不用选择。"对于家的定义，他认为是享受和贡献。阿姆斯特丹让他觉得享受，香港有他的事业，有他的学生，让他可以贡献自己。在那次专访之后我们请耀辉吃饭，他也邀请我们去他位于九龙城的家做客，说他家楼下有很多很有香港味道的食肆。如果有一天我们在九龙城相遇，耀辉，我想给你一个拥抱。

第三部分

环岛之旅

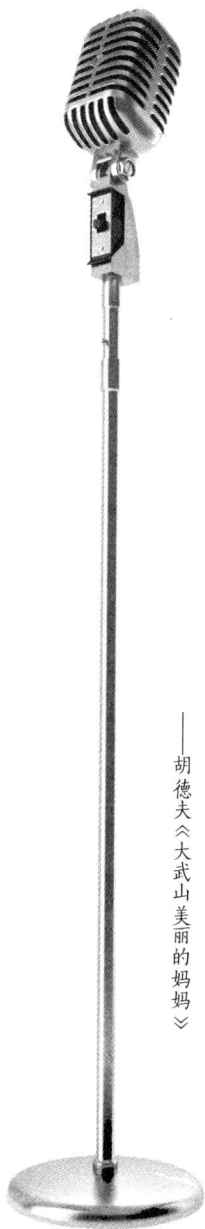

哎呀……大武山是美丽的妈妈
流呀流传着古老的传说
你使我的眼睛更亮心里更勇敢
我们现在已经都回来为了山谷里的大合唱
我会回到这片山下再也不走了
我会回到这片山下再也不走了

——胡德夫《大武山美丽的妈妈》

乐坛的耿直 Boy 非他莫属

不管你愿不愿意承认，大众对于各行各业都有着约定俗成的既定印象，比如认为 IT 行业多是戴眼镜、高高瘦瘦白白的男孩子，斯文，数学好，生活平淡无味；金融行业多是精英，赚钱多，聪明，工作压力大，姑娘们找老公的首选；广告媒体行业多是工作狂，有创意、古灵精怪的人居多，接触的人也很多。至于娱乐圈，呵，帅哥美女多，是非更多，可远观不可亵玩。俗话说，外行看热闹，内行看门道，以上这些印象必有几分真，但也断不能一竿子打翻一船人。这不，在音乐圈就有一个写得一手好词，才华迷倒一片妹子，让人以为偶像包袱很重实际却耿直得一塌糊涂的男歌手，来自台湾的 Hush。

2010 年夏天之前，Hush 是一个有着音乐理想的咖啡店店员，每天学习如何制作手冲咖啡。直到有天他一个人拿着木吉他，在台北一间名为"海边的卡夫卡"的 live house 演出。随后，曾任

Penny Lane 乐团的音乐博士、鼓手熊爸与 Hush 同行，同年年底再加上 bass 手卡贝，以及一个全角惊叹号变成了"Hush！乐团"。乐团发了两张热销专辑，有众多传唱歌曲，举办过海内外巡演也历经了团员更迭。2014 年，钟情于研究星象与天文学的主唱 Hush 写出孙燕姿第十二张中文专辑的主打歌《克卜勒》。而后由于各自规划及发展方向不同，乐团其他成员纷纷离团，从此 Hush 去掉"！"单独出发。2015 年春夏之际，在香港中环一间叫做 Backstage 的 Live House，我跟 Hush 有了第一次的面对面专访，聊了他的日常生活，心理学塔罗牌和他的爱情哲学。

"我比较意外《克卜勒》没有入围金曲奖。"Hush 说。

2015 年 6 月底，第 26 届金曲奖在台北举行，Hush 凭借写给徐佳莹的《寻人启事》入围是届金曲奖最佳作词人，与词坛大神林夕、黄伟文、李焯雄一较高下。根据以往的采访经验，访问入围者接到入围通知时的情景，大部分人都会回答当时在吃饭或正做着日常无关紧要的事，一副毫不在意的样子。Hush 倒好，宣布入围名单的那天，掐着点地守在电脑前看直播，期待看到自己的名字，又怕万一没入选内心将受到一万点伤害，总之欲迎还拒，看到名字的那一刻觉得不可思议又有些理所应当。

"虽然有人不看重奖项，认为得不得奖并不能成为判断一个歌手是否优秀的唯一标准，但我想的是比较现实层面的东西，毕竟我现在做全职歌手，势必还是要有名跟利，有名才能随之带来利，这是很现实的。如果能有金曲奖的肯定，以此变得广为人知，我赖以生存的职业才能确实帮助我谋生，这是很难避免的现实。"

怎会如此"口无遮拦"？要知道这可是一档对外公开的电台节目。我们早习惯了儒家思想的谦虚礼让，在公共场合多半见到的也是各种感谢感恩，表达自己对于获奖的意外云云，哪怕自认理所应当也无非简单回答一句"谢谢"，谁又会似 Hush 这般坦露心迹？而且这还没完。

"我很不懂大家为什么都找我写词，我觉得我的曲也很好，写词对我来说太难了。我根本不是一个爱看书的人，一年看的书不会超过一本，所以每次写歌词都觉得好痛苦。写词对我来说最大的难处就在于，我必须在有限的文字里做排列组合，让它们看起来有意义。其实我在写词的当下是很狰狞的。"

在写给自己的歌里，最让 Hush 满意的一首是《白露》。白露是农历二十四节气中的第十五个节气，当太阳到达黄经 165 度时为白露，通常在每年阳历的 9 月 7 日或 8 日。《白露》写的恰是季节刚转成秋天，空气里的水分越来越多，夜间气温低，到了清晨空气里的水分就会凝结成水珠，等太阳一出来，水分又会马上蒸发。这种缓慢累积又突然消散的过程，好像谈恋爱：慢慢累积对一个人的喜欢，突然之间又全部都不要了，或是感情就没了，很浪漫又很伤感。

> 等天一亮你就要离去
> 只留下潮湿的消息
> 我还想听你的秘密
> 关于那南方的记忆
>
> —— Hush《白露》

　　爱情这东西真是简单又复杂的命题。有人说喜欢是不断地想得到，爱则是愿意不断地付出。我想喜欢应该是每个人的本能，靠近、宠溺、或多或少地付出，但它究竟是不是爱很难分辨，你知道恋爱时我们总会轻易将爱说出口。当你遇到一个你以为爱得不得了的人时，是否曾幻想过跟他分手时的心情？是撕心裂肺、痛苦不堪、彻夜难眠、饮酒度日，仿佛身处万丈悬崖边，情绪低迷得以为随时都会死掉一般吗？如果你曾经或正在经历一段虐恋，那 Hush 写给张惠妹的《血腥爱情故事》一定能引起你的共鸣。

　　"《血腥爱情故事》是我烦恼了很久的一首歌，为了写这首歌搞得我作息全部打乱。《血腥爱情故事》是很多人谈恋爱时最阴暗面的展现，我越爱你就越义无反顾地把自己的肉割下来送给你。我在想很多时候情侣分手很痛苦甚至想要报复，是因为对方把你的肉带走了，你想把它们要回来。正是出于这样的心态才有了分手时的纷纷扰扰，把它淋漓尽致地写出来是很深刻的事。"

> 越血流越手酸心越空
>
> 肉越痛千刀万剐的感情才生动
>
> 不要还给我　不要还给我
>
> 你尝过的那些甜头
>
> 都是寂寞的果实
>
> 那是活生生从心头里割下的我
>
> ——张惠妹《血腥爱情故事》

独立音乐人的作品往往个性更鲜明，他们的词曲是最直接的价值观反映。有些人写词相当隐晦，好用生僻字词，文学性很高却让听者难以揣测其中意涵，这大概跟性格有关。Hush 的词相对直白，看到什么说什么。除了收录在《阿密特 2》中的《血腥爱情故事》，Hush 还贡献了该专辑的第一主打歌《怪胎秀》的歌词，描述的正是我们熟悉又陌生的娱乐圈生态。

"当初陈镇川（张惠妹经纪人）联络我，给我听 demo（样本带），他是至今唯一一个不管我怎么说都不给我方向的人，在我的强烈要求下，他才跟我聊了很多阿密特（张惠妹的卑南族名字）的角色。我初听《怪胎秀》的 demo，旋律和最终版差不多，包括女高音和金属声响，很有剧场感。我就把它写成一出戏，你看我，我看戏，好像娱乐圈的生态，大家期待有一个人出来当怪胎，其实是怕自己的怪被发现，假装自己是观众在看秀，螳螂捕蝉黄雀在后的心情。"

> 活脱怪胎荒诞秀
>
> 啊　够惊悚才能哗众取宠
>
> 只为今晚而生活
>
> 掌声欢迎对号入座
>
> 场内禁止沉默
>
> 台下观众更带种
>
> 在期待什么别吊他们胃口
>
> 让大家都拍手场面要欢声雷动
>
> 气氛最高峰
>
> ——张惠妹《怪胎秀》

每个人选择行业都有各式各样的理由，或家里安排，或顺其自然，若能恰好从事自己喜欢且擅长的工作，那真是一件极幸运的事，这样哪怕吃苦也会相对少些埋怨。Hush 选择从事音乐行业的理由，耿直地让人哭笑不得。

"我相信很多玩音乐的人都是这么想，因为纵观社会上所有生存的技巧，音乐是我最擅长的，其他我好像什么都不会，虽然音乐也不是非常厉害，但既然目前眼看只有这个能力了，那就硬着头皮把它做好吧。"

"你还可以冲咖啡啊，那个也能当个谋生的技能。"我说。

"还是会啊，我还可以算塔罗牌，哈哈，我以前用塔罗牌赚过钱，跑单帮（旧时对从事异地贩运的小本生意人的一种称呼）的。"说这句话时，Hush 脸上略有些腼腆的神色。

一开始 Hush 只帮朋友算，慢慢发现自己算得很准便开始收钱帮陌生人算。算塔罗牌的难度在于每张牌的答案很固定，靠的是每位塔罗师的解读，这关乎每个人的习惯和性格，当然还有语言表达能力。有些塔罗师只习惯告诉你好的东西，有些可能只会告诉你坏的，但 Hush 觉得两个都要讲。至于算塔罗牌究竟准不准当然是看每个人自己的感觉，但算塔罗牌其实可以当成心理学的侧向解析与分析，而心理学本身就是研究人的心理活动的，这就是塔罗牌算命会准的原因。Hush 说他自己是理性的解读者，在我看来他其实更是耿直的解读者，他还耿直地说现在都不帮陌生人算命了，因为太红了不方便留自己的真实电话号码。

我也是天不怕地不怕，虽然怂但绝对有种的姑娘，当着数万听众的耳朵，直接要求 Hush 帮我算我的节目何时会大红。随机洗牌切牌之后，抽出其中的两张牌，翻开第一张为世界牌。

"这张牌反映给你的是大不大红不是时间问题，所以你不用担心。世界牌里有很多星球，它代表规则、秩序、圆满，好像是宇宙第一次大爆炸之后，太阳系的星球都有了各自运行的轨迹，运转的秩序形成，从此之后都按着这个秩序进行。这张牌告诉你做你觉得该做的事。"

紧接着翻开洗牌时我切的牌。

"你切的底牌是恋人，这两张牌都是正位。切的牌代表发问者的潜意识，你的潜意识是恋人。恋人代表经过了合理的选择之后，做出一个正确的决定。所以这两张牌合在一起去看，整合出的答案是，你心里清楚还有哪些要做，然后将这些技巧花招变成常态。"

不得不承认，这的确是我当时的心理状态，只是可惜了 Hush 空有这一身技能却无法再施展，谁叫他现在红了呢。

不过要感受 Hush 的耿直，倒也不必花钱找他算命，关注他的社交平台账号就能时常看见他生活中最真实的一面。比如发发自拍照片和视频，抱着猫唱唱歌，偶尔还念诗，很帅也很做作。他自己承认，为喜欢的人朗读是一件很浪漫的事，但当你很刻意地把它做出来之后就变得很好笑。

最平常的一天里，Hush 会睡到中午，然后起来开始折衣服——因为他都隔很久才洗一次衣服，所以要折很久——之后去倒垃圾，再去唱歌，要不然就是去泡咖啡店，其他大部分的时间也就是窝在家里上网。在 KTV 他会唱很热门的也会唱很冷门的歌，比如点唱 2002 年出道的女歌手陈冠倩的歌，很多人可能连她的名字都没听过，但他就是会唱。每次唱冷门的歌，朋友就会傻眼说"天呐，这歌恐怕也只有你会唱了吧！"然后就各做各的事去了。当然他也会点很热闹的歌，比如蔡依林的《大艺术家》，不用朋友怂恿，他自己就会边唱边跳。

🎵扫一扫，收听有声版

编曲星球的小王子

"我有一个愿望，在某个静谧的街角，开一家属于自己的咖啡馆，店面不必太大，内饰温馨文艺，门口再种上各季鲜花，摆张长椅或秋千，再放一辆复古自行车在旁……"有这个愿望的人我猜不在少数，能将愿望成真的却也寥寥。开不成的原因无外乎成本高、回报低，所以顶多当个爱好，寄希望于开咖啡馆赚钱，想都别想，除非开连锁外带型。台北永康街 41 巷有一间名叫 forgood（好多）的咖啡馆，那是音乐人陈建骐和魏如萱还有一些朋友一同开设的。陈建骐爱泡咖啡馆，无论开会还是想事情都会选在咖啡馆进行，这大概是台湾人的共性。

香港人的步调很快。和香港朋友走在路上，没几步就需要小跑去追赶他们的脚步，在地铁站搭乘扶手电梯，也必须眼疾手快加紧脚步。台湾人仿佛从不在意时间的流逝。得一个下午，或约三两好友小聚，或独自一人寻一间巷弄里的咖啡馆舒舒服服地办公，店家也从不施以压力，随你坐到几时。不像香港人，台湾人似乎并不在意翻桌率。

陈建骐习惯在咖啡馆办公。不像很多人以为创作需要完全安静的环境，以免扰乱思绪，他更喜欢周围有人的感觉。关在录音室，从内而外都独立到近似孤独，创作反而变得闭塞。在有人的环境，哪怕戴上耳机，声音被阻隔，却感受得到人的流动，这才是真实的生活，也是好的作品所需汲取的精髓。

淡江大学会计系毕业的陈建骐，在大学毕业后选择了音乐行业。其实学会计还是做音乐都不是陈建骐自主的选择。选择大学专业时，尽管了解自己的兴趣是音乐，可家人并不确定做音乐能否让陈建骐未来在社会上混口饭吃，所以如果有一项正式的一技之长，或许找工作能省点心。至于做音乐，纯属误打误撞。经朋友介绍，初出茅庐的陈建骐幸运地做了周华健的编曲。再经朋友介绍，陈建骐又做起了广告音乐、剧场音乐。

当兵退伍后不久，陈建骐经友人介绍，加入周华健的摆渡人工作室，为其编曲。那时陈建骐在圈内纯属新手，没有唱片编曲的相关经验，仅仅只做过两支短短的广告音乐。得知能帮周华健做音乐，陈建骐简直像做梦一般，既兴奋又忐忑。说来不好意思，可的确陈建骐也是听着周华健的音乐长大的，能与自己青少年时的偶像共事，换作谁都会紧张激动地要命，中了彩票头奖恐怕也是差不多的心情吧。去周华健工作室时是 9 月，而发专辑时间定在一个月后。一到工作室，团队就丢了五首歌的编曲工作给陈建骐，责任大任务紧。那段时间，工作室成了陈建骐的家，每天累了就在工作室的沙发上胡乱睡了，醒来又紧接着工作，一直想该如何才能帮助周华健。毕竟人家请他这位如此年轻的音乐人参与其中，总想有些新鲜收获，以摆脱大众对于过去周华健的固有印象。国民歌手当得太久，即便受欢迎歌听起来也不错，可人总是有挑战自己、敢于冒险的精神，周华健希望做出让人耳目一新的感觉。陈建骐后来回忆，在周华健工作室密集工作的三个月绝对抵得上在外工作的三年，每时每刻都要绞尽脑汁地想华健适合怎样的音乐。2001 年，周华健发行专辑《忘忧草》，在专辑中收录了一些至今都耳熟能详的金曲，比如《忘忧草》《有没有一首歌会让你想起我》。在这张专辑中也收录了由陈建骐编曲的《青红皂白》，这首歌在当年着实有标新立异的味道。这首带有摇滚色彩的作品竟然被选为电视剧《青蛇与白蛇》的主题曲，可见它的受欢迎程度。

　　唱片音乐编曲是介于广告音乐编曲与剧场音乐编曲中间的工作，就它的自由度与商业考量而言。剧场音乐是最没有商业考量的，它只关系到导演与演员对剧情的表达，只需要完全服务于内容即可。广告音乐则是另一种极端，它只服务于产品，即便没了自我也未尝不可。唱片音乐则要凸显推广一个歌手，这个歌手本身有他自己的想法，编曲人既希望在音乐里带入自己的想法，又希望能兼顾歌手本身的特色，让自我与歌手甚至与唱片公司的想法达成共识，发挥出歌曲最大的力量，但它必须要有商业考量，不能把完全不符合歌手自身气质的音乐风格强加在他身上。编曲是一项要取得各项平衡的工作，自由度、商业考量都要平衡。

"我很喜欢《送你回家》这首歌，这是那张专辑的主打歌。周华健的偶像是 The Beatles（披头士乐队）的吉他手 Paul McCartney（保罗·麦卡特尼），他喜欢复古摇滚，可他之前完全没机会唱这类风格的歌曲。《送你回家》描写的是在晚饭后，男生该用怎样的心情跟他心仪的女生表达'我送你回家好不好'的浪漫。"

这首歌的第一个版本并不是我们听到的专辑收录版。陈建骐创作这首歌时想象的是在浪漫的气氛下，男生柔情婉转的表白，因此选用钢琴和弦乐来编曲。可周华健的性格比较热烈外放，他想象的画面是一个帅气的男生开着敞篷超跑，风从耳边呼啸划过，车里放着轻快的音乐，是一种摇滚的节奏，能让你随着音乐感受到车子在路上奔驰的拉风感。这是很有趣的经历，歌手和编曲者畅通的交流能激发灵感，让歌曲产生不同的面貌。这段经历让陈建骐的编曲功力大增，音乐才华也开始受到瞩目，进而成为流行音乐领域重要的音乐制作人。

　　陈建骐的创作灵感来源太多，多到不需要从自己发生的事上抽取。电影里的情节、舞台剧的剧本、唱片公司交到他手上的歌词，这些都给了他无尽的想象空间。比如看到"沙滩""黄昏"这两个词，陈建骐的脑海中就会出现海洋的蓝色和沙滩的金黄，每一种颜色都有一种乐器借代，蓝色的海对应吉他的 blue（忧郁），金黄的沙滩对应大提琴的悠扬。或许你的想象里它们该有另外的声音，可正是因为音乐的主观，你才能从不同创作者的作品里感受到他们独特的个性。当我们去不同的地方旅行，乘坐不同的交通工具，我们会主观地选择收听适合当下氛围的音乐。倘若一首音乐作品里并不包含歌词，仅仅是一段旋律，或许创作者在创作时的情绪是悲伤的，而听者却能因为各自的心情将它解读成愉悦也未可知。

　　"我不认为听者异于创作者的解读是对原作的不尊敬，相反这正是音乐美妙之处。音符的作用不是让人去精准地解码，每个听的人往音乐里注入自己的生活、回忆、故事，那才是音乐完整而丰满的过程，不确定和模糊构成了音乐的美好。"

　　或许是陈建骐秉持着做音乐该是美好的这一信念，在他的作品里，你能感受到一份小确幸，好像是鲜活的白衣少年在阳光倾泻的绿荫下漫步的小清新的情怀。即便是 EDM（电子舞曲）、摇滚这些实验性的创作，你也不会感受到它猛烈的企图、愤怒、

暴力仿佛都与陈建骐隔绝，在他的音乐里，你能感受到的全是内
敛与欢愉。

　　陈建骐的身材不高，身板略显纤瘦，戴着黑色的框架眼镜，
刘海盖着一半额头，和人聊天时脸上总带有笑容，眼睛弯弯的，
感觉温柔又好接近。一个优秀的音乐人绝不是一张简单的白纸或
一杯纯净的白水，他的思考和哲学会让人意识到他的深刻，这点
从他谈魏如萱即可窥见一二。

　　"自然卷（魏如萱所在的独立乐园）的音乐好听，但对我来
讲,它放在咖啡店里播放一定会被认定为是好听的音乐,可'好听'
也只是自然卷的歌能留下来的唯一印象，你无法有太多情感的触
达。魏如萱的声音很多样，我跟她说我们都在长大，长大的过程
里，自然卷的声音可以在，那是你本身的一种性格，但当你可以
用不同的角度看待同一件事时，你的声音该有不一样的变化。"

　　对于声音情感的把控，陈建骐更偏爱内敛与留白。在做剧
场音乐时，陈建骐不喜欢过分渲染的演技，在表达悲伤时讨厌演
员哭到不能白已。对他来说，在舞台上的表演本就是不真实的，
若是如此激烈地投入，演员必定将个人情绪放至最大，相对地留
出的思考空间就会变少。所以他在看演员表演时，希望悲伤是安
静的，这份安静能留出一份空间安放观众的悲伤。当演员哭得声
嘶力竭时，观众的掉泪只是因为他的声嘶力竭而已，整体的故事

和处境已经被抛诸脑后。如果你看过魏如萱的演唱会，你会看到
她在演唱时扭曲的面目表情和肢体，所有的注意力会被她的投入
所吸引，那一刻很难分辨你的情绪是因为歌本身还是因为她的带
领。陈建骐要求魏如萱的演唱也能收回一些，不必用尽全力，适
当的留白反而能产生意料之外的效果。就像当人在听苦情歌的时
候，已经悲伤到感觉自己站在悬崖边，这时如果歌手的声音再过
分渲染，就像一双无形的手将听者一把推入万丈深渊，还是留些
空白让听者多解读一些歌词的意境吧。

　　要是有时间去台北，可以去 forgood 坐坐，店里的摆设和
餐单都是魏如萱亲自挑选和设定，店里播放的环境音乐通常都是
陈建骐、魏如萱喜欢的歌手的歌，他说既然是朋友又是喜欢的音
乐，就该不忌讳地去播放。更重要的是，会有很大的机会碰见他
们，他们通常坐在进门左手边的落地窗户那。

从星座看陈绮贞的感性与理性

请根据实际情况，完成以下题目。

1. 陈绮贞在你心里是一个怎样的人？

a. 无可替代的女神——转题 2

b. 很有见地的文艺女青年——转题 3

c. 弹吉他唱歌的小清新——转题 4

2. 陈绮贞和桂纶镁谁更美？

a. 陈绮贞——转题 3

b. 桂纶镁——转题 4

3. 从"华丽的冒险"到"太阳"再到"时间的歌"分别被称为花的哪三个阶段？

a. 含苞、绽放、腐朽——转题 4

b. 腐朽、重生、绽放——A

4.陈绮贞开演唱会你会买票去看吗？

a.会——B

b.不会——C

A.恭喜你，你已成为了陈绮贞的重度"脑残"粉，在感性地爱着陈老师的一切的同时又理性地感受她作品里每一处深刻的表达，代表陈老师感谢你。

B.在你心里，陈绮贞的歌或许是你过往记忆的一部分，会在某一个阳光明媚的午后拿来聆听的小确幸。

C.这位朋友，这里没你什么事了，该干吗干吗去吧。

在乐迷眼中，陈绮贞是一个不折不扣的文艺女神。单从字面理解，文艺，即文学和艺术，这两者在陈绮贞的作品里都一以贯之且毫无保留地呈现着。无论外形、创作、歌声，陈绮贞都像一杯刚刚倒入透明玻璃杯的冰苏打水，清新且富有生命力。陈绮贞跟我都是双子座，你知道人在困惑的时候特别容易相信星座，准确地说是信命，至少能在一团混乱的时候给出一点方向，不管真假，但求寻得一丝心理慰藉。星座的另一种实际用途便是成为谈资，尤其有助于和陌生人快速开启话题。陈绮贞喜欢研究星象、符号，也懂得些占星。我和陈绮贞的当面对谈是在2014年1月7日下午2点，香港红磡某酒店会客室，身穿长及脚踝的红色针织衫的陈绮贞正在做另一个访问最后的拍照工作。那次她来宣传

《时间的歌》，一张在听众间引起争议的专辑，收录的作品较以往更为复杂。在开始我的专访前，她问工作人员要了一杯温水。

"因为《时间的歌》已经到了'花的姿态'三部曲应该要完结的时候，我想了很久，说到'绽放'可能大家直接会联想到的就是一个花朵会在一个你无法预期的瞬间，以一个行动的方式打开。我在里面藏了木星和金星的符号，我们都希望在这个时候有满溢的爱要分享，木星就是一个气体扩张的行星。我希望我跟这么多优秀的导演音乐人合作，也可以将这份美好扩散出去。"

将星象符号藏在专辑里，这已经不是陈绮贞的第一次尝试，翻开'花的姿态'三部曲第一部——'腐朽'，即专辑《华丽的冒险》，它的内页里写着"我写给我的母亲，我的爱人，还有我上升的宇宙"，并随文附有一些符号。我曾好奇地在网上搜索这些符号的意涵，发现它们原来和占星有关。

"这些符号、文字、数字都有一些象征的含义。就比方说我们的中文也是一些象形文字，我蛮习惯用这些来做图像式的思考。我记得我在做《华丽的冒险》那张专辑里有画了一个火星、海王星还有一个三角形的符号。我自己认为，火星代表行动，海王星代表梦幻梦想，三角形 180 度是一个稳固的和谐，代表我跟那么多人合作的一个很稳固的关系。整体来说我期望每个人或是我自己可以用行动来实现他的梦想。"

陈绮贞有一本没有字的笔记本，里面只有图形，她说这让自己有另外一种思考事情的方法。我很难界定喜欢研究天文学这一爱好的性质，研究星象符号究竟是理性还是感性？如果说它偏理性，那么将它运用到生活中待人处事，是否又是浪漫感性的呢？当被问到关于星象以及她喜爱的图案时，陈绮贞会随手拿起纸笔，一边讲述解释，一边有意无意地在纸上不停地画圈或三角形，也可能是某个星象的符号。在陈绮贞的眼里，不同的星球之间会互相遮蔽互相发散光芒，这和人与人之间的关系非常相似。歌曲也是，写歌本身很快，只消一两天的时间，可有些歌是会互相排斥的，像两个球体，必须要等待最契合的搭配才能组建出一张完整的专辑，陈绮贞很享受当中的过程，可对于歌迷来说却是漫长的等待。

资深的歌迷总期待自己从南到北追寻偶像的每一场演唱会都有惊喜，也总会暗藏私心地期望偶像能多唱一些冷门佳作，只有那样才能凸显属于小众资深乐迷的狂欢，是区隔自己与普通乐迷的方式。的确很多歌迷需要存很久的零用钱才能买到演唱会的票，有些甚至特意从很远的地方赶来，或许那是他们这辈子唯——次有机会亲临偶像演唱会的现场，自然希望在那个当下收获更多自己回忆里的歌。关于这点，陈绮贞也有自己理性与感情交融的解读。

"我现场要改编一首歌大概有几种可能，一种是改编成只有一把吉他伴奏，重现写歌时最原始粗糙的样态。另一种是完全颠覆，变成崭新的歌，让听众有全新的想象空间。除去这些可能，我都希望可以忠实呈现唱片里的原貌，每一个声音的细节都希望不被轻易更动。因为花了这么长时间写歌、制作唱片，你们听到的一定是我们深思熟虑认为最需要和最不可取代的，不管是前奏还是节奏、音符。我自己去演唱会当听众的时候，如果听到一些自己在 CD 里听到的旋律，会很激动，那是自己回忆里不可被分割的碎片。"

从一开始只拿一把吉他简单弹唱的清新少女，到如今添加诸多实验性元素丰富编曲的成熟音乐人，她对于创作总有属于自己的偏执，哪怕会招来乐迷的不解。很多人听完《时间的歌》之后说："这不是我认识的那个小清新陈绮贞了！"陈绮贞却说：

"其实在我写第一首歌的时候，我也没有听说过'小清新'这个形容词，所以我想应该是先有了陈绮贞，才有了其他的标签。我想搞清楚这些先后关系，不会被这些所谓的标签所影响。我还是继续追寻，因为人生最重要还是要保持一个往前追寻的动力。我会一直清楚知道我自己是谁，我想这个才是最重要的。"

在自己的世界里清楚地确定自己追寻的方向，有一套自己的哲学和逻辑体系，这点，很双子座。你很难想象会关注天文现象，聊平行宇宙、量子力学的女生，私下的生活又在关心些什么。

"也有很具体的事情，但我真的很喜欢抽象思考，《时间的歌》就是一张抽象的专辑。平常的我也就想说今天中午要吃什么，每天早上去家附近的便利商店买咖啡看报纸，也会骑车去菜市场买菜，和大家都一样。"

双子座的人做事容易三分钟热度，何况再叠加上 AB 血型。思维跳跃、好奇敏感变得理所当然，然而陈绮贞却似乎不受影响，她总能专注地喜欢某件事物且用心做到透彻和极致。

"我也会三分钟热度，但我会分。有些事我很确定它是无可取代的时候，我会非常专注。音乐对我来说原本只是盲目的信念，到现在变成与我身体不可分割的一部分。我自己随身会携带一把红色吉他，我不曾想过会找另外一把吉他代替它，因为它的声音跟我的声音已经有种无法取代的和谐。"

看书成为陈绮贞闲时打发时间的消遣，她对知识有无穷无尽的渴求，有时又觉得自己被知识困住，丧失了本能的临时反应和直觉。双子座总爱和自己辩论，能变出两种不同的性格，提出各自的假设互相影响又互相推翻。

"当你懂越多、熟悉越多技巧的时候，反而会被束缚，所以想回归最简单的单和弦，写一首让人听了也不会生腻的歌。在一个和弦的背景下又是否能探讨最基本的事情？很多人讨论很多社会议题，这些分层的现象都有基本的本质，也许是还不知道爱的定义是什么，不知道什么才是家，难道政府认可的房子就是家了吗？我们看到很多的想法，是否能用一句口号式的呐喊，探讨纷繁事物的本质？于是写下了 "*Peace and Revolution*（和平与革命）"，歌曲里听到的旋律是去土耳其收录的当地传统的音阶。在土耳其街头，即便是流行歌也保留了当地最传统的曲调，这种紧守珍惜自己传统的民族性也是很美好的一部分，我就让它们都融合起来。"

从 "文艺女神" 到 "偏执狂"，这个反差在双子座人的身上出现并无意外。所谓 "偏执"，确切地说应该是更愿意冒险。比如《雨水一盒》这首歌，是诗人夏宇的词。夏宇的诗本身就很晦涩难懂，表达的意向又很自由，要如何谱上曲，用歌曲的形式表达？陈绮贞选择将词里既有死亡意向又不失美感的冲突，用钢琴来演绎，甚至在 MV 里不惜脚踹手砸去制造出极限的暴力美学。换作从星座的角度来解读，双子座的人总在人前保持极大的热情和理性，给人聪明的感觉。而在每一段独处的时间，双子座人又会释放柔软感性的一面，会被一件极小的事感动。陈绮贞曾在睡前把签名会上歌迷给她的信一封一封地看过，看完有点睡不着。

"因为现在这个时代大家已经不怎么写信了，看到歌迷一个字一个字地叙述写信的心情，很感动。我想跟你们说，虽然我没办法满足每一个人的要求，也没办法常去外地办近距离接触的活动，但我想让你们知道，我们在全心全意地做音乐。你们听的每一个音符，都是我和身边的这些朋友将生命中最美好的片刻蒸馏出来的作品。"

我们每一个人都是一颗星星，每一颗星星都是宇宙的中心。我们在一万个宇宙自由穿梭相遇，在这里没有过去没有未来，只有无穷无尽的现在。所有的现在都为你而存在，只有你，除了你，没有人能够代替你创造你自己的生命。

♫ 扫一扫，收听有声版

胡德夫：他是大地恍神的孩子

胡德夫（Kimbo），一位台湾殿堂级的传奇民歌音乐人，有台湾卑南族、排湾族血统，曾就读于台湾大学外文系，于大三那年因病休学。他被媒体誉为"台湾民歌之父"与"台湾少数民族运动先驱"。2014 年，受光华新闻文化中心邀请，胡德夫来香港举办一场小型音乐会加讲座。凤凰 URadio 作为"民歌 40"演唱会的合作媒体，使我有幸借助这次机会与胡老进行了一场面对面的深度对谈。老实说，以我现在的年纪，无论从心理上还是阅历上都没有准备好可以和他对谈。访问结束后我碰到台湾乐评人、时任《号外》杂志的主编张铁志，我问他："你会访他吗？"他说："不访，只是来看望他。"我说："半小时访问时间太短了，起码要三个半小时！"他说："是啊，他的故事说不完。"

其实关于胡德夫的经历在网络上任意搜索都能了解大概，也有不少的乐评人、文化人以及音乐人和他有过对谈。他就像是一部活的历史书，讲述着他那个年代所经历的民歌运动，少数民族民权运动，当然还有他与李双泽、杨弦等人的交集，他在咖啡厅的驻唱生活，等等。其间最有名的当属那段：来喝咖啡的人很多，来听歌的艺术家更多，洪小乔在整理歌谱，胡茵梦在想有没有机会上台，张艾嘉逃学过来听歌，李双泽边喝酒边等待下班。那时包括胡德夫在内，都是学生。当然在与胡德夫的访谈中也少不了听他讲述他生活的大武山和太平洋吹来的风……

很多人会在胡德夫的名字前贴上"民歌之父"的标签，对于这个称呼，胡德夫谦虚地回应："大家抬爱给我这个名字，可能那个时代我们的音乐比较荒芜，所以大家用这个名字来统称最早聚到一起唱民歌的我们。但在我们之前也有很多创作的前辈，比如我们卑南族有陆森宝，他是日本殖民时代的音乐老师，在台湾的最南部恒春有陈达老先生。有许许多多前辈在，我如何敢当这个名字呢？"

台湾少数民族群相当丰富，一些资料上将其简单分成高山族和平埔族，这样分类其实并不准确，不是所有高山族都居住在高山上，比如居住在台湾东部的阿美族，以及居住在兰屿岛的雅美族。不过，高山族包括的多是我们较常听闻的台湾少数民族群，包括台湾高山地区和东部的泰雅族、卑南族、排湾族、鲁凯族，以及前文提到的阿美族与雅美族等九个族群。平埔族所包括的约十个少数民族群已几近消失。

近几年，在台湾流行歌手的推动下，我们对台湾少数民族也粗略了解一二。提到台湾少数民族歌曲，首先会想到张惠妹、张震岳的歌里唱过的"娜鲁湾"。胡德夫说，"娜鲁湾"是赞美的意思，类似"what a wonderful"（多么美好的），它是卑南族、排湾族还有大武山的民族才会用的语言。而另一句我们常听到的"嗨耶喔嗨耶"，是阿美族常用的语言。张惠妹是卑南族人，张震岳是阿美族人，他们歌里唱的已经把各族语言结合在了一起，所以我们才常常混听到这些虚词。然而在五十多年前，他们的歌曲被定义为"不是音乐"。

五十多年前，台湾屏东卑南族大武山的小朋友胡德夫刚上小学，他爱哼哼父辈们唱的卑南族民歌。可每当他开口唱，总会遭到老师们无情地打击："你唱的不是音乐。"老师不止打击他，还打击他的父母。胡德夫的父亲是卑南族，母亲是排湾族，他现在常称自己是"卑排族"。当地人民热爱歌唱，但在当时不管是大人还是小孩，想唱自己的歌都不容易。

胡德夫回忆："小时候老师教我们唱的大部分都是西北民谣，像王洛宾的作品，比如《达坂城的姑娘》。当时每到晚上，在我们的学校都会开设民众补习班，专门教我们父母那一辈的人'普通话'，除此以外还教他们 do re mi fa 这些音阶。老师一个音符一个音符地教，那时有谱的东西才叫音乐。老师们从来不认为这些成年学生们其实是天生的世界级歌手，还给他们打分，竟然有人不及格。我们的父母很困惑不知道这些是什么，甚至有些带有优越感的老师还会加一句，你们唱的不是音乐。"

这让从小听父母们唱歌的胡德夫倍感困惑，在他心里，父母们唱的民歌远比老师教他们的歌听起来更优美。如果他所听到并深深喜欢的歌不叫音乐，那父母们唱的又是什么呢？这些经历给胡德夫造成了极大的恐惧，以至于他对有谱的音乐产生了绝对的抵触。20 世纪 80 年代，有唱片公司想让胡德夫谱曲，让人帮他填词，一首歌付给他两万元台币，他就是写不出来，他说他的歌就是没谱。

11 岁前，胡德夫都是听歌，绝少在别人面前唱歌，也不知道自己会唱歌。上了初中后在被"规范"的音乐课上，胡德夫更愿意去听每个音符的声音，并将它们与自己族人的音乐相比较。他从不试图理解乐理与音乐结构，甚至在被迫学习音阶后更感慨自己同胞们的唱功：

"他们虽然没有乐谱，可每一个音都唱得很准，曲式清楚，内容优美，尽管有些只是虚词，但能将超过语言能形容的东西都

耿直男孩Hush（右）

上图：表达自我女歌手张悬（左）

下图：台湾民歌之父胡德夫（右）

文艺女神陈绮贞（右）

台湾"文艺范鼻祖"万芳（左）

铁汉伍佰（右）

第一"天"团宇宙人

上图：编曲小王子陈建琪（右）
下图：靠谱男嘉宾严爵（左）

阿宅型乐迷马世芳（右）

唱出来，这才是音乐的上层。少数民族的音乐跟山歌或劳动号子有所不同，后者是有目的地唱，而少数民族音乐通常只是莫名地看见某样事物或心生某种感慨而发出的声音，那更动人。"

一直接受外来事物洗礼的胡德夫，长大之后越发觉得失去自己音乐的可惜。当世俗定义的音乐越来越流行，原本属于他们的母音乐却没有被记录下来，在台湾的音乐上失去了少数民族音乐的元素。所以长大后，胡德夫对于少数民族音乐的渴求便越来越浓，对当年老师教给他们的通俗音乐不以为然。

"我们会有很大的矛盾在，他们应该仔细听我们的音乐再下定论。"胡德夫说。

尽管认定自己的母音乐有极高的价值，可最终胡德夫决定唱自己的歌，很大程度上归功于李双泽。20 世纪 70 年代，胡德夫为了给父亲筹医药费，不得不辍学赚钱，在哥伦比亚驻台机构的咖啡厅演唱西洋歌曲。一天，胡德夫同往常一样在咖啡厅唱歌，在台下喝酒的李双泽朝他走去，像武馆踢馆似的直问他："你是卑南族的，不如唱唱看你们卑南族的歌曲？"胡德夫被一语惊醒，于是在李双泽的面前唱起卑南族的歌谣《美丽的稻穗》。李双泽在胡德夫的歌声里感受到了土地生命的温度，深受感动。当时正就读于台湾淡江大学的李双泽是一位致力于民歌运动的民歌手，当即鼓励胡德夫要多唱自己的歌。随后，胡德夫陆续收到杨弦、余光中等人的鼓励，慢慢也开始了自己的创作，他想起灵魂深处的音符，来自山、来自海的辽阔的旋律。

我曾经在香港"自由野"艺术节一场诗歌分享会上，听到一位年轻人读着自己写的诗。因为我只是从旁经过，没太听清全部，只听到她说："番茄，白菜，土豆。"当时第一反应是：怎么菜也能变成诗了？可转念一想又觉得这句式好熟悉。哦，《美丽岛》里唱过"香蕉，稻米，玉兰花。"《美丽岛》是台湾民歌运动时期最重要的作品之一，它是李双泽的遗作，一首单纯赞颂大地的歌曲。1977 年，胡德夫在李双泽的遗物里发现了一卷录音带和歌谱，于是他和杨祖珺漏夜整理，隔天在李双泽的告别仪式上，胡德夫和众友人一起唱起《美丽岛》为李双泽送别。

胡德夫说："歌是大自然赐予我们与生俱来的礼物，每个人从刚生出来就会发出声音，发出声音就能成歌，歌里展现的无非是日常生活。《美丽岛》是一首单纯赞颂大地，赞美我们故乡的歌，而歌是世界上最纯净的东西，没有任何党派和政治色彩。"

在胡德夫看来，所有的音乐形式最后都如百川归海，少数民族什么类型的歌都能唱，包括 rap 这种形式，早在几百年前就已在少数民族部落出现。比如部落里巫师们的讲话就是 rap，他们能很快很熟练地说着一些听不懂的语言，胡德夫认为这就是咏叹的先祖。

母亲常常给胡德夫讲有关卑南族和排湾族的传说，让他了解族里的历史和人生观。胡德夫记得有一个故事是这样说的：造物主就是把我们放在这里恍游一下，等时间到了就回去了。

如今歌者老矣，胡德夫的母亲在土地里却永远年轻。胡德夫于 2015 年发行了他个人第三张专辑《芬芳的山谷》，专辑的同名歌曲《芬芳的山谷》，以及当中的另一首卑南语史诗作品《大地恍神的孩子》都是献唱给母亲的歌。《大地恍神的孩子》全曲 11 分钟，有六段歌词。

"开头从我小时候讲起，如何从山谷跟着哥哥，辗转来到都市，而后又搭着火车来到台北，之后开始在都市中恍游数十年。直到有一天我做了一个梦，梦中祖先们来看我，他们看我似乎惊慌痛苦，于是叫我歇息，叫我不要再挣扎了，不要再乱冲了，要我找回来时的路。梦醒来后我恍然大悟，决定回到家乡，那舒适的阴凉的风口处。"胡德夫说。

这首《大地恍神的孩子》是胡德夫第一次用叙事性的母语创作，而它似乎也是胡德夫人生的缩影与写照。

　　胡德夫用自己的语言唱着自己的歌，在他的歌里常常能听到太麻里溪、太平洋还有大武山。他出生在台东海边的成功渔港，当时他的父亲在那里任职。在胡德夫不到三岁时，全家搬往坐落在大武山的排湾族嘉兰部落居住。在大武山度过的童年，是胡德夫记忆中最美的时光。那里满山桃花开遍，蝴蝶自由飞舞，溪谷披着彩虹，人和动物在大自然的怀抱中无忧无虑地生活。

　　哎呀　大武山是美丽的妈妈

　　流呀流传着古老的传说

　　你使我的眼睛更亮心里更勇敢

　　我们现在已经都回来　为了山谷里的大合唱

　　我会回到这片山下再也不走了

　　我会走进这片山下再也不走了

　　　　　　　　　　——胡德夫《大武山美丽的妈妈》

　　民歌运动四十几年，胡德夫始终唱写关于母亲、母语以及和母语有关系的咏叹。从最早写的《大武山美丽的妈妈》——不仅是对自己母亲的怀念，更是对他们那个时代发生的大事件的忧心——紧接着第二张英文蓝调专辑里唯一的一首中文歌《脐带》，再到第三张专辑《芬芳的山谷》，都是胡德夫在台北生活的四五十年里追忆故乡亲情的表达。如今胡德夫回到台东，他说未来他要往北看，把他在台北生活的点滴记录下来，那些故事远比小时候的要多得多。

在胡德夫看来，唱自己的歌不仅仅是传承传统文化。时代在变，年轻人的音乐表达也在变。在民歌运动兴起的时代，台湾街头出现了好几家民歌餐厅，后来渐渐变成酒吧，再到现在年轻人爱去的夜店，人们听音乐的兴趣逐渐发生改变，不变的是人们依然保有的对于民歌运动精神的专注。

"民歌餐厅在我们那个时代最多了，现在渐渐少了，现在变成都是夜店，有 DJ，唱 live（现场）的，唱民歌的很少了。你要碰到民歌运动几十年几十年的时候，那种大的民歌市集就跑出来了，就短短的一段时间。但人们的专注度还是在的，你会看到上一代人带着下一代的孩子一起在听，会一起唱出来以前那个时代的东西。也有我们这一代的人说听不懂现在的年轻人在唱什么，他们是没有仔细听，其实孩子们也有在唱他们的想法，不管他们的想法变成怎样的音乐节奏，那就是他们对这个时代的想法。"胡德夫说。

这次采访是在 2014 年的 11 月。一个月之后，我有幸和张铁志老师一同主持在广州举行的"彼岸花开"首届华语民谣音乐奖。在那次颁奖典礼上，我再次遇到胡德夫老师。获得卓越贡献大奖的他在发表获奖感言时仍谦虚地说："感谢大家没有忘记我。"我们怎会，又怎敢忘记他呢？是他亲力亲为，一直致力于推动台湾少数民族民歌的复兴运动，是他将古老的旋律通过当代的年轻人唱给更多的人听，让民歌的传统得以延续。这位白发白眉钟爱穿白衫白裤的歌者，用自己毕生的精力，将关于他的美丽故乡以及他经历的故事唱给更多的人听。我跟他说有机会一定去台东看望他，胡老热情地说："你来你来，你来了我请你吃一碗牛肉面。我在台东开了家牛肉面店叫喜来东，喜欢来台东。"

幸亏这个时代还有马世芳这样的阿宅型乐迷

　　"《音乐五四三》，马世芳制作主持。假如你是认真的乐迷，这里有很多厉害的歌。请你张开耳朵，准备收听《音乐五四三》。"马世芳最被人了解的身份应该就是作家、广播人，主持一档名为《音乐五四三》的节目。父亲是作家亮轩，母亲是资深广播人陶晓清。2014 年年底，马世芳受光华新闻中心邀请，前来香港做一场关于台湾民歌运动的讲座，我有幸在讲座前一天约访到了这位资深文青，同时也是我的同行跟前辈。同为电台音乐节目主持人，这次的对谈与其说是讨教，倒不如说是我出于私心地探询资深音乐广播人究竟会收藏哪些厉害的音乐歌单。言谈间意外地发现，我们虽为两代广播人，可推广音乐的使命却惊人地相似。

　　"1989 年我刚上大学的那个暑假，一档固定放西洋老歌的节目里开了一个单元，介绍 The Beatles。那个时候的电台环境跟现在很不同，主持人不用十八般武艺样样精通。那档节目为周播，节目时长扣除广告时间大约 40 分钟一集，总共做了十几个星期，只专心介绍 The Beatles，从他们的第一张专辑开始。"马世芳回忆。

这在现在听来简直不可思议，怎会有一家传统电台敢于将情怀放在首位？若没有商业价值，恐怕连上档的机会都没有，即便有，也可能只是做个一两期专题，用来评个广播类的奖项。给马世芳开这档节目的电台叫台湾中广青春网，它是台湾电台里第一个全天候播放流行歌曲的普通话电台，在那之前只有美军电台。后来转型的民营电台有全天播放流行歌曲的历史，但台湾自己的电台里，青春网是第一个。它同时是台湾第一家开设热线电话的电台，也是第一家不要求播音员说字正腔圆的标准普通话的电台。那时马世芳的电台同事（包括中国香港人、ABC（美籍华人），还有一些中国台湾歌手例如周华健、黄韵玲、庾澄庆等等）。

"我那时还是个不知天高地厚的毛孩子，抱着试试看的心态就去做了。现在想起来蛮脸红的，我完全没受过广播的专业训练，口条、语速都没人教我。那时带我入行的主持人只是听说有个年轻人在高中校刊上连续两期写了加起来四十几页的 The Beatles 的文章，他觉得应该可以找我去介绍介绍这个团，我就去了。那时他当主持人，我当来宾。我还记得第一次上那个节目，on air（直播）的灯一开我就开始讲话，中间不断，一直讲一直讲，连续讲了十一二分钟，才留给主持人一个空档插嘴播播歌，因为我太紧张了。后来发现做广播不能语速这么快，于是我就在笔记本上写了一个大大的'慢'字，并圈起来以时刻提醒自己。"说到这段时，马世芳有些不好意思地笑笑。

马世芳所说的这个毛病，我太深有同感了。只要直播的信号灯一亮，我们的身体里就像有一个开关被瞬间打开，情绪会突然到达兴奋的临界点，语速便会不自觉地变快。所以一开始听我节目的人会误以为我是一个很活泼的小女生，殊不知我私下的真实性格可以安静到让周围人忘记我的存在。马世芳也是个性格很慢的人，做节目的经验告诉他，节目语言和私下聊天时的语速一定是不一样的，口气也会不太一样。

虽然马世芳称自己的首档电台节目是在大学时期，但其实在他九岁时就已经入行。那时在台湾中广公司有一档儿童音乐节目叫《儿童的音乐世界》，由李娓娓主持，专门介绍给小朋友听的古典音乐。李娓娓听说陶晓清的儿子（那时候大家叫马世芳"小球"，因为他小时候脸是圆的，长得像小笼包）讲话还算通顺，口齿还算清楚，李娓娓就说看看要不要在自己的节目开一个单元，每个星期说说故事。那算是马世芳入播音员这一行最早最早的记忆，每个礼拜拿本故事书到台北仁爱路三段中国广播公司的中广大楼去播音室报到，隔着一块玻璃，那边是录音师，一按钮，马世芳就开始讲故事。现在的马世芳所做的工作几乎都与音乐相关，做过独立音乐的制作发行，写过几本与音乐有关的书，做着音乐节目。在他的音乐世界里最让他热衷的乐队应该就是 The Beatles，近两年他还因为 The Beatles 转而做起了导游的行当。

"2012 年我第一次去英国利物浦，这等于是少年时代的梦想吧，那里是 The Beatles 少年时期生活成长的故乡。我第一次去是和台湾的几支乐队一起，他们在当地演出，我充当随团观察员的角色。那次是公家出钱让我去，我就去了，顺便趁空档踩了几个点，很是感动。回来之后和旅行社的朋友聊起，他们提议不如让我试试带一个团，做一个 The Beatles 的主题之旅。我说这种团谁要参加啊？应该只有摇滚阿宅才会参加吧。没想到结果还真的招到了十几个有兴趣的团员成行。"马世芳说。

The Beatles 有首歌叫"Strawberry Fields Forever"（永远的草莓园），那里是主唱 John Lennon（约翰·列侬）最爱的地方，也是马世芳从 16 岁起爱上 The Beatles 之后一直盼望去的地方。2012 年春天，广播人马世芳趁工作空档去了利物浦，驻足在草莓园的红色铁门前。前来参观的游客每个人只花三分钟的时间拍完照就离开，而马世芳足足站了 30 分钟，因为这里是他认识 The Beatles 的起点。我问马世芳为什么喜欢 The Beatles，他无法解释，只说或许是小时候借由母亲工作的关系，他时常有机会聆听到西洋音乐。在他读中学三年级时第一次听到 The Beatles 的卡带，他不仅爱上了旋律，也开始无法自拔地疯狂地研究他们，此举影响了后来他对音乐的看法，并将推广音乐作为自己的使命。若想找人畅谈关于 The Beatles 的点点滴滴，马世芳绝对是不二人选。

十几岁的小男生最喜欢设法显示自己的厉害，如果拿到一本摇滚百科全书，最好是从第一页到最后一页翻出来的每一个名字都听过，或收集到《滚石》杂志的唱片指南里所有的五星专辑，等等，高中大学时期特别会有这种疯狂。后来马世芳领悟到世界太大了，厉害的作品太多了，十辈子都听不完，何况人生不仅仅是音乐而已，所以有兴趣就听吧，也不再追求数量。马世芳说他比较幸运在于他的兴趣和工作大致上还有关系，所以比较不会厌烦，也设法让自己不要进入厌烦的状态，这些年他总是能找到让他听得有兴趣又有滋味的音乐。

"十几岁的时候听的音乐一定是对自己影响最大的，那个时候就一头扎进摇滚乐的世界里，因为家母的关系，小时候台湾的校园民歌运动，我算是无知的旁观者。那些民歌运动的重要人物对那个时候的我来说，就是一帮大哥哥大姐姐。那些歌我小时候听得很熟，但当然不知其所以然，大概到了高中大学时再回头去听小时候听过的这些歌，才真的听懂了原来当年他们在干的是这个事情，才知道佩服，才知道那时唱自己的歌的风潮那么重要。也因为这样就会比较有意识地再继续听，接下去再听罗大佑、李寿全、红蚂蚁乐团，还有台湾早期的原创作品、摇滚实验，才会更有感觉。因为带着问题意识去听，问题就会越来越多，想搞清楚更多的事，包括词曲作者、编曲人、歌手跟唱片公司的关系等等，慢慢就进入这个圈子。"一说起听音乐的经历，尤其是说到十几岁时听音乐的回忆，马世芳显然有些刹不住车，滔滔不绝的状态估计跟他刚做电台节目那会儿的状况差不多。

1989 年马世芳入行的时候刚好也是崔健的《一无所有》红到台湾去的时候，所以那段时间他也开始接触并了解北京摇滚乐的发展，接下来就是魔岩三杰。那时候"魔岩"的缔造者张培仁还没发片之前，就找马世芳和陶晓清去听白片（demo 样片），听了张楚、窦唯、何勇，听了《中国火》的合集，还有艾敬、唐朝乐队，这些都让当时的马世芳感到兴奋。

"我跟大部分的乐迷没什么两样，迷一样事物越久便自然而然想搞清楚更多背后的故事。比方说你一定认识那种迷足球的男生，他一定不是只看大明星，他会跟你分析教练的战略，跟你讲豪门的球队背后的故事，等等。但像我们这种外行人可能只会四年看一次世界杯，而且从八强开始看起，所以我们就只是肤浅地看明星看进球，认真的球迷就不会只是看进球，这就是差别。那个人就叫足球阿宅，我就等同于阿宅型乐迷。"马世芳说。

作为阿宅型乐迷，马世芳自认比别人有优势的地方在于，他可以通过广播、写书、演讲、上课，将他的听音乐心得再分享出去，而他刚好又有这样的能力用大部分人可以接受的方式去说这些故事，而不像球迷跟球迷之间那种专业的对话，可能会令旁人无聊得要命。他有这个能耐让非阿宅世界里的人听听阿宅的心得，并且激发一些兴趣。

"作家西西写足球写得极好，他写的那些球员的事都是我还在念幼稚园时的事情，但他能把20世纪70年代的足球往事写得非常迷人，我觉得写音乐也可以试试用这样的方式。还算幸运，大家愿意看、愿意听。"马世芳坦言。

透过这种说故事的方式，让年轻一点的听众也知道很多东西的来由，它们或许会颠覆现在的年轻人一直以来听音乐的既定印象，回过头去听一首歌过去的版本会有新的感受，可这就是时代的记录。流行歌曲无疑是对整个时代最生动的记录，它必须扣合那个时代的集体情感才成立，从崔健的《一无所有》，到罗大佑的《鹿港小镇》，到谢安琪的《喜帖街》都是这样的歌。我们去还原那个歌的来龙去脉的时候，也同时温习了那个时代的某种集体状态，它就好像一个时空胶囊，你打开它看到很多已经被淡忘的事情。马世芳说在台湾关于这些日常记忆、流行文化的资料累积得很慢，又遗忘得很快，其实在当今这个快速消费时代下的每一片土壤又何尝不陷于这种窘境呢？马世芳希望能将他搜集到的故事，以及从当事人口中得来的回忆，用他的方式留下来，算一种见证。于我，也是一样。

万芳，原来你还在那里

每一代人都有每一代人的集体回忆，音乐必定是当中不可回避的牵引。我曾做过关于台湾经典唱片的整理，按年代递进，从 20 世纪 80 年代一直到 2000 年。在我们电台的办公室里，均匀分布着好几台收音机，24 小时锁定自己的电台用来监听。每天下午 2 点是我节目的重播时间，有段时间当做到 90 年代的华语流行音乐时，办公室里几乎所有 70 后、80 后的同事们都会不自觉地跟着一起大合唱，唱到兴奋时总不乏几个同事跳出来开心地分享当年听这首歌时的情形，也总能引来其他人的附和及认同。流行歌曲就是有这样的魅力，记录一个时代的样貌，也勾起一代人的回忆。万芳无疑是 90 年代最重要的歌手之一。

1993 年，由尔冬升执导的电影《新不了情》上映，同名电影主题曲《新不了情》由鲍比达作曲、黄郁作词，演唱者万芳也因此歌在当年一曲成名。《新不了情》唱醉了一代痴男怨女，它跨越时空直接成为情歌经典，每个爱过、痛过、癫狂过的有情人都能从歌里找见自己的影子。这首歌要唱好，就需要唱到人心里面最柔软和最脆弱的部分。歌难唱也预示着演唱者脱颖而出的机会，这个机会恰好落在了万芳身上。我们总说要在歌坛找到一个会唱歌的人不难，可要遇见一首好歌却太难得。那时的万芳才出道没几年，在音乐圈里尚算新人，公司大胆地把歌交给万芳，这对任何一个新人来说都该欣喜若狂，可万芳却差点与这首经典好歌失之交臂。

"我完全没想过会因为这首歌大红，《新不了情》对我来说就是一首歌，我没有预想未来会传唱20年的时间，甚至在刚接到这首歌的时候我是拒绝的，因为自己一听到这首歌就哭得稀里哗啦。那个时候我正处于低潮期，公司给我听这首歌的时候正好触碰到了自己的伤心处，我一度任性地说我不要唱，你们找别人唱吧。当时负责这首歌的唱片公司觉得一个是我的声音适合，一个是觉得我刚好处在这种心情，我就是'新不了情'。幸亏他们的坚持，虽然在录唱时我很多次哭到不能自已，但就像它陪伴了很多人一样，它也陪伴了那个时候的我。"万芳回忆道。

从《新不了情》开始，万芳的歌逐渐响彻整个华语乐坛，她更被奉为台湾"文艺范鼻祖"，陆续发表了《就值得了爱》《割爱》等一系列经典佳作。专访万芳那次，她来香港开小型演唱会，名为"原来的地方"。那次她特意选在一间容纳不到 1000 人的 live house，近距离地跟乐迷回味经典，包括演唱自己的歌以及翻唱同时代的歌曲，她试图在一个房间里跟乐迷们一起在音乐的牵引下回到"原来的地方"。

"大家听到过去的歌曲，在大合唱的当下就回到了原来的自己，回到原来我们生活的地方。我们能借助回味音乐的机会，观察自己这些年的变化。现在的自己是否还跟当年的自己一样？如果变了，又变在了哪？其实当我们连接到很纯粹的角落时，就是回到原来的地方，找到了自己的初衷，每一个现在和过去都在不断地被连接，音乐充当的就是连接的角色。"万芳说。

> 是谁召唤谁回到原来的地方
> 是谁提醒谁还在心灵的异乡
> 谁撕破了天空露出星光
> 又叫夜吞噬希望
>
> ——万芳 / 蓓丽《谁》

2015 年，万芳发行 EP《一半。万芳的小剧场》，里面收录了一首对唱歌曲《谁》。跟万芳对唱的女生叫蓓丽，她的声音清澈甜美，很有穿透力，听起来年纪很小，让我禁不住好奇她的背景，于是上网搜索，却后发现了一段悲伤的故事。

　　万芳跟蓓丽有一段很深刻又很特殊的缘分。一开始，蓓丽只是万芳的诸多乐迷之一，站在台下看万芳的演出，后来经人介绍，万芳得知原来蓓丽是位创作歌手，于是便邀请她跟自己一起在舞台上合作。可世事难料，2012 年，蓓丽被诊断患上重病，在得知她生病后，万芳跟她说："既然你在病床上也不能去哪儿，要不要再写歌。" 2012 年万芳发行专辑《原来我们都是爱着的》，里面收录了蓓丽写的《小星星》，是她跟万芳合唱的版本。

　　"那时候她已经越来越瘦，直到 2013 年 6 月 9 日她过世。在她离开前两三个月，我陪她一起走过她生命经过的地方。我认识她的时候从来都不会预想我对于她的缘分竟会是陪伴她生命最后的一段，这是一段特别的缘分。那段陪伴仿佛是我们互相赠送的礼物，让我们回到生命的最初，我感受到了回到生命本质的美好。"万芳说。

　　我们听到的《谁》里面，万芳的声音录于 2015 年，而蓓丽的声音则来自 2010 年。万芳说她每次介绍这首歌就要讲一次她跟蓓丽的故事，正好借此分享给所有人"回到生命的初衷"的美好。看得出来蓓丽对万芳的影响之大，在整个对谈间，数不清多少次万芳提及"回到最初""回到原来的地方"，就连演唱会的主题灵感也是源自《谁》里的一句歌词："是谁召唤谁回到原来的地方。"

万芳总说我们在听过去的歌的时候就会不自觉回到原来的自己、原来的地方、原来的初衷，可见万芳已将音乐与生命视为一体，她决不允许音乐被商业裹挟，宁缺毋滥，甚至曾不惜八年不发唱片以示自己的不妥协。

大概从 2000 年开始，华语流行音乐虽仍不断有好歌佳作问世，但那段时期整个唱片行业逐渐转为工业化流水线生产，李宗盛曾经在香港的一次讲座里如实坦露，包括滚石唱片在内，大部分的唱片公司决策逐渐由最初的制作部为主，转而变为市场部最大。这样的转变让万芳很是无奈，在她眼里这样的模式已经背离了她对音乐纯粹的热情，她不希望变成她不想成为的人。于是2002 年，在跟老东家的合约到期之时，万芳决定暂时不出唱片，只通过演出的方式继续她的音乐旅程，没想到一离开就是八年。

"音乐对我来说不是赚钱的工作，而是生命，我选择回归到对唱歌的热情。也就在我不发唱片的那段时间，我接触了很多世界音乐，在里面吸取了很多养分，然后在 2007 年做了《万芳的房间剧场》演出。感谢那儿年的经历让我重新理解了我与音乐与世界的关系。"万芳说。

可是理想归理想，流行音乐行业毕竟是竞争极为残酷又实际的行业，别说八年，可能离开八个月就会跟流行脱节，过往积

累起来的乐迷自然也可能"移情别恋"。对这个问题,万芳很淡定:

"音乐有它的力量,我自己是一个比较随缘的人,每一首歌都有它要去的地方。在我七岁的时候我就在听 30 岁的、50 岁的人在唱歌,音乐是可以跨越时间和空间的距离的。回过头来我们去听 The Beatles 的音乐,那时他们也才二十多岁。音乐的作用不是只在创作的当下。虽然我八年没出唱片,可却发现到 2010 年再次发新片时突然出现很多新的听众,他们当中很多也才 20 岁。《新不了情》是 1993 年的作品,到 2010 年已经过了 17 年,就算他们三岁的时候听了这首歌也不可能记得吧。我想我面对的并不是市场,音乐之于我的意义是来自生命底层的分享,我就做我想做能做的事,我相信它自会有自己的缘分。"

那八年的时光对万芳来说充实且有意义,除了音乐,她还开始接触剧场表演,那段经历又一次让万芳笃信初衷。

"剧场就是一个常常会提醒我们回到初衷的地方。舞台剧跟镜头式的戏剧很不一样。镜头式的戏剧,假设一场哭戏我哭不出来,所有的工作人员可以等我的情绪慢慢酝酿,只要摄影师抓到我哭的那一刹那就可以了。可舞台剧不是正好演出的那一次可以就行的,演十次要十次都可以才行。而且假设舞台剧的演出有十场,我们十场都要在,且每一场都要专注,我们永远无法复制昨天的演出。如果昨天演出很成功,我们也无法复制,甚至是我们越试图复制昨天的成功,其结果反而会更糟糕,我们必须不断回到初衷,永远提醒自己放掉昨天的成功和挫折,永远回到起点。"
万芳说。

　　万芳说话的语速很慢,声音轻轻柔柔,很多次我需要调大
她的麦克风音量才能从耳机里听清她的表达。如果要用一个词来
形容万芳,我会用"云淡风轻",那是一个有阅历的人才能达到
的境界。我们总说把人看得太清,反而会将他看轻,其实对人对
事都一样,难得的是在经历世事之后,仍然保有初心,且不断提
醒自己也牵引周遭的人回到原来的地方。我想在万芳的心里一定
住着一个小女孩,那里有她最无忧无虑的青春和最灿烂的笑。当
你累了倦了的时候,不妨学学万芳,听一首青春里的歌,闭上眼,
让心回到那一年,阳光正好,你还年少。

♫扫一扫,收听有声版

铁汉的段子，柔情的伍佰

　　小时候填写长大后的志愿，几乎逃不开教师、警察、医生这些职业。有些了不起的同学填个科学家、宇航员之类的，着实会让其他同学钦佩一番。记得有一个最让我刮目相看的同学，她说她的理想是长大要当一名考古学家，当时我觉得她实在太独特太酷了，以至于到现在我都依然记得她的长相和名字，而且深深地认定，她是一个成绩优异的好学生。即便我们已经失联16年，我依然相信她已经梦想成真，正在非洲的某片部落探索着人类历史的痕迹。小时候从没意识到为什么大家的愿望大同小异，每个人都想成为体面人，那会儿也许根本不理解何为体面，只是凑巧在年幼的眼界及价值观里看到了某个让自己敬佩的对象，所以也想成为他罢了。这就能解释为什么也有同学会说将来长大想做一个卖臭豆腐的小贩，没准只因他昨天放学回家的路上买了路口的一串臭豆腐觉得好吃。香港、台湾的学生族群，特别是中学生，他们中会有为数不少的一拨人开始想要成为一名摇滚歌手,像 CD 里的偶像那样,有一天站在万人舞台发光发亮。但我相信,任何一个中学生只要敢说出想当摇滚歌手的梦想,百分之九十会遭到家长的极力反对,且会被贴上不学好的标签,伍佰就是其中的典型代表。

"我不觉得把衣服脱掉在台上乱跑就叫疯狂,我也不觉得把水淋在身上是疯狂。反而认为自己一开始决定不要顺着这个社会的节奏走,抛弃所有普世价值观里应该走的路,去做一件很多人认为没有前途的事,这才是致命的疯狂。"

面前的伍佰一袭黑衣,原本齐肩的长碎发稍稍修短了一些,薄薄的刘海依然覆盖在额前,见到我,他摘下了标志性的墨镜。我问他为何总是以墨镜示人,他说因为他戴墨镜的样子比较帅,戴墨镜帅的人不多,他不要浪费这个资源,挑墨镜的原则只有一个,只要够大就可以。舞台下的伍佰随和可亲,与不苟言笑冷酷黑面的形象截然相反,不吝自嘲,时不时蹦出一些冷笑话,风趣幽默。

"刚开始做音乐,几乎不被所有人看好,因为我做的音乐和主流歌曲不一样,父母、同学、老师,哪怕是跟我组团的人也都不看好。那时的想法就是:我不管,我就要做我认为对的。我讨厌所有从收音机里听到的音乐。当大家都去电视台打歌的时候,我就决定要去 live house 唱;大家都认为艺人应该光鲜亮丽,我就偏偏满头大汗;大家的服饰都绚丽多彩,我就要黑色。我就是要跟所谓正常的娱乐圈音乐圈唱反调，到现在我有一个很奇怪的气质，我好像是娱乐圈的人，又好像游离在外；好像有点关系，又好像是局外人；我去参加每个颁奖典礼，都好像是圈外人，但实际又应该是圈内人。我做的音乐好像很主流，但听起来又好像很地下。"

跟普世价值对着干的这些年，伍佰领悟到"相信"很重要，只有相信你自己，相信会产生力量让你一直去努力，你才有机会创造你想要的世界。很多人都对伍佰这个名字感到诧异，怎么会有歌手取这样的名字，竟然还不是谐星，而是摇滚歌手，以至于有段时间大家会拿这个名字来编笑话，比如让人猜伍佰的弟弟是谁，答案是二百五之类的。刚开始连伍佰也很不习惯自己的名字，本名吴俊霖的他，因为小时候念书成绩好，五门科目都考100分，家里人索性叫他伍佰，既是骄傲也是期盼，希望他能一直优秀，小时候可能连他自己也深信不疑。可独立思维必定凌驾于普世价值观之上，在学会了人类生存本能之后，区分每个独立个体差异的便是各自的独立思考与决断能力，伍佰的选择显然不走寻常路，要摇滚，会愤怒，同时还有更重要的使命。

只要听过伍佰，就一定听过《你是我的花朵》，洗脑的旋律搭配整齐简单的舞步，可谓聚会暖场神曲，放在当今的网络社会里，一定会被当成典型的内容策划案例被各方借鉴推敲，然而伍佰却说这支花朵舞的由来纯属临时起意。《你是我的花朵》的前奏借鉴了美国女歌手麦当娜的"*Hungup*（心神不宁）"，编曲有 20 世纪 60 年代 disco 的味道。伍佰提议大家都穿西装，一起跳简单的舞步，看起来更有复古的味道，没想到大受欢迎，以至于每次演出，演出商都会请求表演曲目里一定要有这首歌。唱这首歌整整七年的伍佰粗略统计，大约已有 200 万人跟他一起跳过花朵舞。最特别的一次，伍佰的贝斯手去参加他小儿子的小学家长会，校长竟然请他去台上教所有的家长和小朋友一起跳花朵舞。这件事让伍佰认识到，做音乐有一种使命：散播欢乐散播爱。

"我的字典里没有熬不下去。你会碰到的困难都是正常的，每一个困难都是一块石头，当堆砌的石头越高，你才会越往上走，倘若一帆风顺没有石头，那就永远只是停留在原地踏步。只有不断地踩会让自己脚痛的石头，才会成长，才会长智慧多经验，才会让你看到更宽阔的世界。玩音乐是很开心的事，可以逃避工作逃避世界，每天都在冷气房里练团，这怎么会不好玩？说玩音乐很苦的人，我建议你们就真的玩一玩就好，不然最后会把自己逼成神经病。"

从事艺术工作的人往往较感性，性格上也易走极端，艺术家脾气，随性至极，以梦为马，今朝有酒今朝醉，自由散漫不问将来，不愿遵守游戏规则，绝不向市场妥协。这其中会有人视音乐为生命，几乎将所有的时间精力都投注于此，希望自己快速强大，凭一己之力改变当下这个不完全纯粹的音乐环境，不幸用力过猛略微走火入魔，每天被自己制造的无形压力牵扯，营造出生人勿近的紧张气氛。

"做音乐是一种释放，不论哪种情绪，都可以通过音乐的方式抒发，没有好或不好，只有喜不喜欢，这才是做音乐要搞懂的初衷。"伍佰说。

别看伍佰不苟言笑的样子，早已看透做音乐本质的他，也会在音乐里流露出他的搞笑、温情与可爱。很多摇滚乐手，特别是重金属摇滚，常常在演至情绪高昂时砸烂手中的乐器，将表演中愤怒的情绪外延。伍佰说他也砸过，还砸得颇有经验。

"曾经有一轮巡回演出，我在台上表演砸吉他，可是吉他直接砸手会受伤，必须事先把吉他锯到一半，而且你不能拿Gibson牌的吉他砸，你得拿Fender，比较轻，最好是拿韩国产的比较便宜。很多舞台下方是空的，你需要在计划好要砸的地方铺垫东西，在上面标上记号。砸的吉他最好要插电，砸起来砰砰砰的声音才会更震撼。"

我问吉他有赞助吗，他说：

"不要啦，拿人家吉他来砸还要赞助，不好意思。我一直跟另外一个殿堂级的钢琴手说，你下次弹钢琴的时候应该弹到一半愤然起身，拎上一桶汽油直接往上淋，然后一把火把它烧掉。"

这当然是玩笑话，愤怒只会在事情发生的一小段时间内集中爆发，同时激发创作灵感，往后的一次次演出就只是演出。你看到的发泄，更多掺杂了作秀的成分，是为了让舞台表现更为丰满罢了。台湾的电视节目非常多元，新闻像娱乐节目，常引发民众的抱怨。伍佰有一首歌叫《新闻秀》，鉴于实在无法欣赏台湾的新闻，他在写《新闻秀》时想象一个画面，主播在台上一边播报新闻，眼睛一边流血，最后血流成河。听来暴力血腥，创作的当下也确实愤怒难耐，可放在万人演唱会上表演，全场热烈的气氛恐怕很难再调动起愤怒的情绪，最终借由愤怒之名转变成全民狂欢。

> 将这戒指为我戴上我不要自由
> 将这戒指为你套上你只属于我
> 从今以后只有你能将我真看透
> 不分日夜我的身边总为你保留
> 今生今世怕要让你为我来担忧
> 一次一次我会做错要你原谅我
> 不会再有第二个人能将我左右

心是冰的如果这时你掉头就走

——伍佰《戒指》

铁汉总有柔情的一面，伍佰的柔情不单是对太太，还有一路支持他的歌迷。她们从少女变成少妇，在伍佰的演唱会与他人相识、相爱，后来又抱小孩来听，听伍佰成了她们青春与成长的一部分。

"我收过很多歌迷的喜帖，叫我去参加他们的婚礼，请我录祝福的 VCR 送给他们。可是这样的情侣太多了，一方面念及他们是因为自己的音乐相识相爱，可另一方面如果一一满足实在没完没了，于是灵机一动，不如写一首歌让大家可以在婚礼的时候播，就有了《戒指》这首歌。"

摩羯座就是这样，理性地知道自己在做什么，不容许自己盲目追随二流理想，有独树一帜的幽默感。当你以为他在事业和爱情上疯狂时，他其实清楚地了解当中的胜算，不过是常把一件事做得很疯狂罢了。铁汉的段子，柔情的伍佰，从此再看，不觉意外。

严爵，年轻的身体住着一个老灵魂

假设你独自在家楼下一间常去的茶餐厅吃饭，餐厅坐满了客人，你点了一盘平时常吃的套餐，在快吃完的时候，发现盘子里竟然有一张创可贴，这时你会做怎样的反应？立刻大声喊服务员并高声斥责，气愤地要求餐厅做出赔偿？多一事不如少一事，给店家留点面子，默默结账走人，全当吃亏是福？还是处在两者之间？这是曾真实发生在我身上的经历，我选择了默默结账走人。有人不解我的行为，认为这是我的权益，我该据理力争。可我一来怕事，毕竟自己一人，万一理论起来必定聚来周围所有人的目光。二来毕竟邻里街坊，给人留点面子，做生意不容易，可能只是厨师的一时疏忽呢，自己下次别再去帮衬就罢。几个月之后我专访严爵，我问他如果这事发生在他身上他会如何处理，他说他应该会叫服务员过来，不是为了免单，而是让他们知道他们错了。严爵的回答让我有些意外。印象中他是个瘦瘦高高、白白净净的男生，走在路上总戴着耳机，不太愿意主动跟人交谈，以为他是个性格内向的人，原来他的性格并不全像看上去那样。

心理学上常用 The Big Five（大五类人格特征）来涵盖一个人几乎所有可以被形容的特质，大五类人格特征探讨的维度包括外向程度、亲和程度、责任意识、开放性、情绪稳定性。外向性的人格通常表现为热情、大胆、乐群、善谈、精力充沛以及自信，而内向性的人格则常表现为退缩、胆小、沉默、保守和害羞。我跟严爵深谈过两次，中间相隔一年半，这两次的对谈令我对这个 1988 年出生的同龄男人刮目相看，用现在的流行语来说就是路转粉。严爵把自己性格的概括为"一个年轻的身体住着一个老灵魂"，年轻的身体不用解释，至于老灵魂，他曾在微博上发表过对于幼稚和成熟的看法："所谓幼稚，就是既憋不住尿又憋不住话；所谓不够成熟就是只能憋住尿，却憋不住话；所谓成熟就是既憋得住尿又憋得住话；所谓衰老就是只能憋得住话却憋不住尿。"与其说严爵的身体里住着一个老灵魂，倒不如说是成熟的灵魂更为贴切，究竟成熟到哪种程度，倒是可以从大五类人格特征的角度大概分析一番。

"我觉得我是乐观的人，我的乐观很奇怪，有些人会把很苦的事说成甜的，我是明知这件事是苦的，但我懂得苦中作乐，我很享受这种黑色幽默。"严爵说。

已经两点半　头脑还在转动

一体两面看　好与坏都感动

乐观成自然　悲观就被赶走

以往的习惯　造就现在的我

我跟你说　与其烦恼不如认真祷告

悲观乐观　杯子当裁判

一杯水喝一半　算不算快喝完

悲观乐观　最终的答案

我实在不喜欢　判断为了了断

——严爵《悲观乐观》

《悲观乐观》是严爵收录在其创作专辑《单细胞》中的一首歌。会在凌晨两点半独自思考悲观乐观的命题，且没有给悲观还是乐观下任何结果性的定义，看来他是一个喜欢独处，愿意思考也绝不武断的人，当然精力也很充沛。他在专辑的预购版封面上写：禅师说，众生就像一头被绳束缚的牛，被许多烦恼和欲念缠绕着，生生死死不得解脱。

"我对哲学很有兴趣，哲学跟音乐一样，是没有终点的研究。你无法预判自己达到了音乐的哪个境界，哲学也是。"严爵说。

爱思考是大五类人格特征中开放性的特点之一，开放性人格主要表现为富有想象力的、充满好奇心的、爱思考的、有创造力、世故老练的。唱作歌手的创造力自然毋庸置疑，严爵的创造力可不仅仅用在音乐创造上，他还时不时自创一些形容词，比如"打点滴"。曾经因为长时间工作导致体力不支，结果被送去医院打点滴的严爵，非但没有心疼自己，反而把"打点滴"当作褒义的形容词，用来指代任何事情发展到极致。例如他形容宇宙人乐团帅到打点滴，MP 魔幻力量（台湾电音摇滚乐团）high 到打点滴，家家唱歌好听到打点滴，白安皮肤白到打点滴，至于他自己，应该是宅到打点滴。严爵把录音室设在家里，还养了一只猫，录音累的时候就跟猫玩一会儿。选择养猫而非养狗是因为狗需要人陪，而他的工作量又很大，没有时间经常陪它玩，怕养狗会让狗得忧郁症，所以选择养猫，毕竟猫的自主性比较强。嗯，养宠物这点从侧面反映了他的责任心。

责任心属于大五类人格特征中责任意识的范畴，责任心强的人通常表现为可靠、实际、勤奋、井井有条和细心。我们常探讨究竟该不该信命，是命中自有安排还是人定胜天，这似乎从来都是二选一的命题。严爵的角度倒颇为有趣，他相信命运，但更相信有规划的人生。

"当你把手握住，手掌上露出来的部分，比如生命线的尾端，感情线的尾端，这些是你掌握不住的，那就交给命运掌管，但你握住的部分，那些是你可以自主选择的。"

在严爵三四岁的时候，他妈妈让他学古典钢琴，那时的他非常排斥，以至于后来有很长一段时间没再玩过音乐，直到 11 岁时听到爵士钢琴，严爵感觉自己的音乐细胞被接通了，从那以后他才开始喜欢音乐，去买很多爵士乐 CD，自己抓音弹琴。就读于美国南加州大学爵士表演系的严爵，主修伸缩喇叭，在开始创作之后，他不顾笔画繁复，把自己取名为"严爵"，以表达对爵士乐的热爱。奇怪的是，反而当他回到台北追寻音乐梦想之时却没有做爵士音乐。严爵有自己的规划，他认为当今亚洲的爵士文化比起美国是非常不发达的，这是他未来想改变的事，目前自己还需要积累更多的影响力，才有办法发起这个运动。爵士跟古典一样是有背景的，亚洲人的性格多受法律约束，尤其中国人，自小接受儒家思想的熏陶，总体更为规矩。而爵士乐是即兴的，想怎么玩就怎么玩，这种模式并未被如今的普世价值放大。

因此在他的每张专辑里爵士风格的调配都会因应市场需求而有所考量，并不能因为自己喜欢爵士乐就做一张完全的爵士乐专辑。他将自己的风格定义为爵式流行，让现在的年轻人听，或许他们当中的一些人因为听了严爵的音乐而燃起对音乐的热情。

有些人或许认为严爵的想法太过实际，认为音乐人该随性自由，怎能有如此世俗的商业名利考量？事实上，倘若全然依着艺术家的性子做音乐，音乐人不是饿死就是被当成疯子，而指责音乐人不该世俗的人们，先扪心自问现在是否还会自掏腰包买谁的专辑，又是否真心认为音乐该有偿收听。严爵的考量反倒是冷静可靠、实际细心又井井有条的表现。

　　五大类人格特征里还有情绪稳定性及亲和程度。情绪稳定性的表现为放松的、稳定的、满足的、镇静的、有安全感的，该特征最易从一个人的爱情观及家庭观中体现。莎士比亚说："该放弃的绝不挽留，该珍惜的绝不放手，分手后不可以做朋友，因为彼此伤害过，也不可以做敌人，因为彼此深爱过。"跟莎士比亚同一天生日的严爵非常同意这个观点。他说有些事情就应该决绝一点，在感情里，对一个人的残酷其实是对另一个人的好，你对一个人的无情也同时代表你对另一个人的专情，对你真正在乎的人来说是好事。至于择偶标准，严爵更看中精神层面。

　　"相爱不是只顾着凝望着彼此，而是一起朝着相同的方向望去，一起往相同的地方前进。有人说爱情是要找一个看对眼的人，但看对眼通常源于一时的感觉，这个感觉中新鲜感的比例很高，万一哪天新鲜感没了呢？难道就要抛下对方吗？真正的爱情，两个人的未来方向要一致。找到这样的人肯定很难，也因为难得才珍贵，我相信我一定会遇到。"严爵说。

　　严爵幻想最好的伴侣，该是年龄上下相差三岁，甚至上到五岁的女生，因为他自己比较老成，所以跟比他年纪大的女生会比较容易沟通。当然世事难料，搞不好会遇见一个同样年轻的身体住着一个老灵魂。哪怕每天的生活日常就是喝上一杯茶，伴着日升日落探讨人生的命题，也好过没心没肺地度日。他说一旦让他爱上，她一定能得到他全部的信任，即便远距离恋爱也没关系。

找到共度一生一世的伴侣，遇见了就不再放手。爱情对于严爵来说不仅仅是喜欢，而是将对方认作爱人、家人。以往只有在圣诞或感恩节才有机会回美国加州的严爵，2014 年时回美国住了一整年，那一年的生活让他找回了 25 岁的价值观。上一次严爵离开加州是 19 岁，去家乡追问当创作人的价值观，再回到加州他发现了一个更深层的意义，即所有的努力打拼是为了家庭，为了给他们一个避风港。

"因为观众、名气是随来随去的，像风一样，而家庭像磐石，你一生一世都要是这个人的老公，这个人的爸爸，所以我觉得现在当艺人时的牺牲是有价值的。如果我做音乐人，事情很简单，可做艺人会被剥夺很多自由，但当我找到我人生的下一个目标之后就有了继续的动力。"

我们年轻的时候总是一心往前冲，眼前只看到自己的梦想，身后的家人会被抛得比较远，但随着年纪慢慢变大，越接近 30 岁的时候反而会想放慢自己的脚步，愿意空出多一些时间和家人相处。

"我已经到了一个阶段，可以跟我爸坐下来谈心，关于人生，关于男人间的话题。以前他的角色就是爸爸，现在慢慢变成不仅是父亲，还是朋友。我爸也很珍惜这样的时光，我也觉得很珍贵。"

对于自己的人生严爵已经做好了大致的规划，他从不过分乐观地认为自己会红多久，当还有舞台还有人愿意听他的音乐的时候，他依然将歌手身份摆在第一位，但同时也会为将来打算。如今严爵在美国和朋友一起做了一间名为"爵队"的工作室，英文名 Sound Design，帮助在美国的乐手和音乐人做现场演出。他坚信网络的力量，在未来，唱片工业必然世风日下，而现场演出必然有市场，这是无论网络如何发达都无可取代的。热情、和气、有合作精神、信任、大方，这都是大五类人格特征里亲和力强的表现。

"我喜欢稳扎稳打的感觉，一步步来，不会具体规划几岁要做什么，因为我们甚至连台风天的航班都无法控制，更何况是人生。持开放的态度，朝着自己认为对的方向一点点累积，一步步前行，在某个对的时候，你自会有所准备地去迎接你的下一个篇章。"

平日的严爵有吃早餐的习惯，相信地球上有外星人，没有丰富的恋爱经历，偶尔看看漫画书，喜欢画抽象的插画，喜欢跟数学有关的东西，比如圆圈、三角形、正方形、线，喜欢物理。总结起来，他的性格介于外向和内向之间，外向性格居多，亲和力强，有责任心，情绪稳定，又富有开放性，的确是一个年轻的身体里住着一个相当成熟的灵魂。男嘉宾很靠谱，合适的女嘉宾你在哪里呢？

♫扫一扫，收听有声版

宇宙第一"天"团

　　不知从何时起，大众审美的口味一觉醒来画风突转，特别是对"美男"的认定。新名词"丑帅"横空出世。典型代表人物：金宇彬、李钟硕、张亮。这类男子通常初看很丑，但越看越舒服，最后奇迹般地逆袭为帅，这种特质让很多人开始怀疑自己的眼睛，包括我。当然，毕竟男神不是男友，我还有一丝理智尚存。冷静思考后发现，"丑"仅限于五官被推上了大特写时的表现，排列组合的位置稍微不那么黄金比例而已。可一旦镜头拉至全景，单一双大长腿就已经拥有了整个世界，何况配上衣品、气质、举止这些加分项。如此一来，不禁大喜：欧巴、名模都太遥不可及，但我的朋友圈里有他们呀，身居台北的独立乐团——宇宙人。主唱小玉和贝斯手方Q完全符合以上标准，183厘米的大高个，腰以下全是腿，另一位成员吉他手阿奎，虽然身高少了9厘米，但三人的气质和才华要吸引大批迷妹简直易如反掌。最重要的是，他们还很"天"。

"天"通常指代天空、天气，在台湾，"天"这个字表示天才，同时又有点傻傻的感觉，天马行空。具体而言，如果一个人一直坚持做某件在外人眼里不会成功的事，这种傻傻的状态就会被称为"天"。阿奎说他这辈子做过最"天"的事就是组了宇宙人这支乐团。在认识宇宙人的四年里，我深刻地体会到他们从音乐到生活，全方位无死角地将"天"的精神深入贯彻落实到了每一颗细胞。比如他们拍摄专辑《地球漫步》的封面，三个人侧躺在地上摆出走路的姿势，把照片转 90 度来看，就像靠着一面墙在走，这大概是他们程度最轻的"天才"行为了吧。

> 明天我要挑战的海洋
>
> 会有什么我也不敢想
>
> 水往下流我偏要往上
>
> 就算最后像个笨蛋一样结束了
>
> 我也不要和别人一模一样
>
> ——宇宙人《大志若鱼》

2004 年的暑假，正值雅典奥运会期间，还在念高中的小玉和阿奎一起去日本旅行，饭店里的电视播放着奥运男子跨栏项目的决赛，有一位选手深深地吸引了他们。这位选手叫 Félix Sánchez（菲利克斯·桑切斯），是名多米尼加籍的选手，他在赛前热身时点亮了手上炫丽的 LED（发光二极管）手环，并跳起自创舞步，完全沉浸在自己的宇宙里，厉害的是，最后他还拿下了该项目的金牌。这个令人赞叹的表现，让他们蹦出了一个绝妙形容词："这个人好宇宙！"，正想组乐团的他们当下决定团名就叫"宇宙人"。

三人中，我跟阿奎的交情略浅，他不常用微博，微信也不是他日常的通信工具，我们连点赞之交都谈不上。但仅从少数的几次见面交往中，我却也发现了他独特的"天"性。2016 年的国庆期间，宇宙人在上海做五月天演唱会的表演嘉宾，那几天我也正好在上海参加"简单生活"节，于是索性在演出之后相约小聚。那晚我们一群人先是在黄浦江边的酒吧喝酒聊天，席间照例玩玩游戏，待酒吧打烊仍觉不尽兴，便转战 KTV 继续玩耍。你无法想象宇宙人对于五月天的迷恋，三个多小时的歌单几乎成了五月天专场，首首大合唱不说，喝到兴奋的阿奎每每唱到副歌，就拉着坐在旁边的我一起摇摆，好像回到 17 岁那年，我们肩并肩手拉手地去看一场永不散场的五月天演唱会，仿佛我们曾参与了彼此的青春。而清醒状态下的阿奎，又是一个心思细密的男子。谈恋爱的时候，女友通常爱问男友，"你看我今天有什么变化"，男生一般都会被问到愣住，仔细回想、再三打量依然答不上来，于是莫名其妙地爆发一场"战争"。倘若男友是阿奎，这样的情形一定不会发生。他们来杭州演出，彩排时我去探班，距离上次见面已时隔一年，我剪了短发，那天扎起一半的马尾，他看到我说，"咦，你换造型了，还剪了齐刘海"。我笑笑，毕竟前几年我的形象都是长发及腰，变化的确有些大。第二天早上，我去接他们吃饭，他一看到我就说，"今天把头发都放下来啦"。我不知道他是否有女友，如果有，女生一定会时刻感觉到备受重视，这一点，我给满分。

按照一般的情况，乐团中最受瞩目的多为主唱，特别是像小玉这种能唱能跳，长得还不错，又会频繁与粉丝互动的男子，更容易受女性歌迷欢迎，觉得他做什么都分外可爱，哪怕是在台上自创一套只动半边的舞步。如果静音去看，那画面着实有些智障，可台下的观众都像被施了咒一般跟着他开心地舞动，仿佛是一个只属于宇宙人和宇宙友们之间的密语。私底下的小玉言行举止比较直接，在不影响他人的情况下，会由着自己的性子来。晚睡晚起是他的作息规律，完全抛开大自然的日升日落，心中有套自己的时刻表，拉上窗帘就天黑，打开灯就天亮。小玉说他晚上不睡觉是在想事情，起床也需要一段时间来整理思绪，要到一个清醒的状态需要比较久的时间。更有趣的是他的恋爱观。在准备这本书时的某天凌晨，整理完宇宙人的专访录音，猜想小玉大概还没睡，便给他发信息闲聊。年轻男女会困扰和好奇的话题通常离不开情感。我问他，演出如此频繁，越来越多的巡演要常飞去世界各地，还有时间谈恋爱吗？他说，恋爱是养分，有时候可以不谈，有时候一定要谈。比如寂寞的时候，想抱着人睡觉的时候，想看着另一个人的眼睛吃饭的时候，想工作时有人可以让你分心的时候……听起来似乎很以自我为中心，谈不谈恋爱完全取决于自己内心的欲望，可仔细想想，似乎也无法反驳，这大概也是一种"天"的表现吧。

贝斯手方 Q 的性格我一直猜不透，言谈有礼，却总感觉他的体内隐藏着一股闷骚的气质。一般而言，贝斯手在乐团中的地位稍稍靠后，作为节奏型乐器，主要配合鼓的节奏让音乐的情感层次更为丰富。宇宙人乐团的音乐风格偏 funk（由黑人爵士乐演变而来的骤停打击乐），律动感很强，这类音乐的主角反而是贝斯和鼓，而方 Q 又能把贝斯弹出花来。因为年纪稍长于其他两位成员，所以大家都会叫方 Q 做学长，他的作息习惯的确较其他人更健康。早睡早起，每次入住饭店都会先找健身房和游泳池，他说饭店游泳池都比较漂亮。小玉说有一次他们去演出，他和学长住一间房，那晚两人都失眠，但又不跟对方聊天，快三点的时候学长突然起身出门，隔了半个小时回来拿了什么东西又出去了。小玉说他后来睡着了，所以也不清楚学长是什么时候回房的。第二天问起才知道，原来学长前晚睡不着，索性去健身房锻炼去了。关于方 Q 的段子，最有趣的不是他本人，而是他的妈妈。母亲的本能是会无条件地关心和支持自己的小孩，哪怕是自己原本并不了解的事物，但凡自己的小孩喜欢，妈妈也会跟着去了解。有一天，方 Q 的妈妈突然跟他说："我觉得你们宇宙人应该写一首有关茶的歌，喝茶健康，我昨天晚上写好了词，给你们用。"
这首词被方Q用某个趣味音频APP（软件）简单制作了一下，
还颇有独立音乐人的调性。果然"天"性会遗传。

　　日本作家渡边淳一在《钝感力》一书中提出"钝感力"的概念。
有别于"敏感"，他认为在当下的社会，"钝感"才能给人带来
更幸福的生活。关于什么是钝感力，《阿甘正传》里提出了一个
直观的论点：百般算计不如一颗单纯的心。渡边淳一提出钝感力
有五项铁律：第一点，迅速忘却不愉快的事，有的人能将不愉快
的事记一辈子，等于变相地折磨自己，若能把不愉快的事转头就
忘，这也是一种能力；第二点，认定目标，即使失败也仍要继续
挑战；第三点，坦然地面对流言蜚语；第四点，对嫉妒讽刺常怀
感谢之情，即当别人嫉妒讽刺时，换个角度接受和感谢他们的关
注；第五点，面对表扬不得寸进尺，不得意忘形。宇宙人乐团的
"天"不正是钝感力的表现吗？不完全按照世俗常理出牌，爱创
造趣味性的生活方式，在不被所有人看好的情况下，坚持做他们
喜欢的音乐。直到如今成团12年，累积一万小时的练习，从听
五月天的歌长大的歌迷，渐渐成长为可以作为五月天演唱会开场
表演嘉宾的歌于。我相信在他们钝感天性的引领下，终有　天他
们会完成最终的梦想——成为和五月天一样真正的宇宙天团。到
那一天，小玉，我想再坐在你的机车后座，和你去河滨公园、阳
明山，听你再说说这些年你们的故事。

附第一次专访宇宙人乐团时，给他们做的脑筋急转弯。
你也来测测你的"天"值吧：

楚楚的生日是 3 月 30 日，请问是哪年的 3 月 30 日？
答案：每一年

为什么女人穿高跟鞋就表示她快要结婚了？答案：走得慢容易被追上

黑人和白人生的婴儿的牙齿是什么颜色？答案：没颜色

如果诸葛亮还活着的话，世界会有什么不同？答案：会多一个人

为什么青蛙跳得比树高？答案：因为树不会跳

关于我爱你

"在我失恋的那段日子，我听了你的《艳火》。"见到张悬我迫不及待地告诉她。

"我也是在谈起恋爱却像失恋的情境下写的。"张悬微笑着说。

谈恋爱跟失恋都充满了忐忑，心里挂念一个人，自言自语的时候会特别多，你会不晓得怎么做才真的是善待缘分，究竟放手是好缘分还是不放手才是。每次有机会爱上别人，其实是在回过头审视自己是否了解自己。《艳火》里我最喜欢当中的一句歌词：

> 如果你在前方回头而我亦回头
> 我们就错过

爱情里最痛苦也最有趣的不正是这样无休无止地相互拉扯

吗？写《艳火》时的张悬常常在想，是不是在追某个人或被某人追时，其实只有在他停下来了而你没停，或是你停下来了，而追你的人没有停，你们才能并肩同行。当然也会有你感到累了停下来了，而你追的人突然回头的情况，这些情形可能都会发生。

"我常觉得缘分是我们生命中的某一个面向，我们看见的都只是某一面而已，它不是全部，所以你要相信，现在谈恋爱失恋或是热恋不代表你爱情的全部，还有好多在等着你哟。"张悬坚定地对我说。

我们的一生都在被爱纠缠。小时候我们先被教导要学会爱家爱国，学会与同学友爱相处，对爱情懵懵懂懂，以为那是离我们很遥远的东西。长大后爱似乎颠倒了，我们花最多的时间和精力在爱情里展现喜怒哀乐，甚至毫无保留地奉献自己所能做到的全部美好。可长大后，我们与朋友渐渐疏离，与人交往变得不敢投入绝对的信任。关于爱，张悬是为数不多的清醒者之一，她有自己坚定的爱情观，关爱她的歌迷，更懂得作为一个公民该如何爱自己身处的家园。

《艳火》收录在《神的游戏》专辑中，随专辑预购版附送的还有一张张悬亲手画的抽象海报。海报用黑色打底，上面是一圈一圈套叠的方框，选用暗红、暗紫、咖啡等类似木头色系的颜色，有种特意做旧的感觉，很低调。张悬画这张海报的初衷，是想让乐迷自行在上方贴上自己的相片、来自远方的明信片或任何他们觉得有意义的图案和物件。歌手永远是歌迷追随追捧的中心，这次张悬让自己靠后，回馈同样的爱来衬托别人的回忆。

"我从来不是那种觉得开过万人演唱会就再也不能回去哪里的人，对我来说1000人有1000人很独特的氛围带来的美感，万人演唱会有它才有的场面和它能够支持的舞台，所以两个都能交相做下去是很棒的事。"张悬说。

无论怎样的表演场地，张悬都无比地享受跟用心。她喜欢在live house里喝喝酒，喜欢在户外音乐节酣畅地过把瘾，也喜欢室内演唱会所营造的只属于那个当下的氛围。她唯一在意的是在可以被解决的状况里，希望大家都站着听。她说票价不该决定座位的好坏，每个人都该有选择想要怎样看一场演唱会的权利。

歌迷与歌手的关系似乎是这个世界上最单纯的爱，我们常常在演唱会上听到歌迷声嘶力竭地大喊："xxx，我爱你！"歌手总会条件反射地回应："我也爱你！"尽管他根本看不见对方在哪。演唱会大概是除了恋人你侬我侬外最常听到"我爱你"的场合了吧。

　　"我有时候在社交场合，搞不清楚别人讲的东西到底是真心的还是试探的，还是应酬的，我完全不知道怎么判断，以至于不知道自己该怎么回应。有防备地回应？太过客气地回应？太真心地回应？好像瞬间就会让自己像个傻蛋一样的时候，我会感到恐惧。有些人一见面就热情，这跟他们的性格有关。像我跟台湾的好朋友张钧甯，我们在一场音乐节上第一次遇见，大家都在玩，气氛很热烈，我们一见面就大叫拥抱在一起，但其实我们根本不认识。我想我们之所以能如此毫无防备地亲近，是因为无所求。如果别人见到你是为了从你身上索取什么，那样的大笑大叫会让人害怕。人与人的交流有无限种模式，得看两个人之间的化学作用是什么。"张悬说。

　　我一共三次看张悬在现场演唱《关于我爱你》，第一次是在香港中文大学，她唱给所有学生听。身边同行的朋友说这是她最喜欢的张悬的歌，因为觉得特别感动，我当时听完不以为意，只当新认识了一首歌。第二次听是张悬在香港的"潮水箴言"演唱会上，她才唱完头两句我就哭了，歌词唱：

　　　你眷恋的都已离去
　　　你问过自己无数次想放弃的眼前全在这里
　　　超脱和追求时常是混在一起

简单的几句话，可每一句分量都不轻，突然将你内心潜藏的真相赤裸裸地揭露，那一刻你卸下了所有的防备。张悬在演出时有一个习惯，喜欢在歌与歌之间抱着吉他，好像开讲座一样，跟在场所有人分享她近期的所见所闻所感。在她的发言中她一直强调每个人都是独立的个体，每个独立的个体都必须有自己独立的思想。

那次演出结束，我们送张悬回酒店，上车后她跟我们每一个人说谢谢，然后一路默不作声。她坐在我右前方，我见她偷偷抹了几次泪，当下我有些不知所措，不知该如何应对，经纪人倒并不在意，看了一眼说"没事，她常在演出后哭，被歌迷感动的"。

"表演者看起来多愁善感，但实际上是因为比起寻常生活，我们的工作本身其实就是容纳别人的大悲大喜，于是自己也一定会有大悲大喜的时候。如果我今天是个柜姐，不会有人希望我今天在工作时要好开心或好不开心，每个人的工作性质不一样。台上的表演者的工作很大一部分是跟人群沟通，沟通不可能没有自己的性格和气质，更不可能没有自己当下的心得，一定是一个有来有往的过程，所以常看到歌手在一瞬间被群众打动，或是群众被歌手毫无保留的一瞬间，不管是音乐还是表演上的付出所打动。那些被打动的瞬间是很可贵的，这也是我觉得我在做音乐最幸福的一件事。我们的工作能容纳我们的情感，也能容纳我们遇见的人的情感，而不是没有感情的。"张悬说。

翻看张悬的社交网页，你鲜少见她分享美食，大多是她关于社会议题的思考，或自己平常遇到事情的记录。她说她只想留下那些经得起推敲的东西，能被写下来的全是她所在意的。

"这样的分享在歌手的身份上对我来说比较有意义，因为你是公众人物。要得到一句'张悬很可爱'很容易，可是如果我们能够互相交换观点，学会一起去看一件事情，哪怕是不同的立场，我反而觉得是比较亲密又真实的交流。"张悬说。

一个好的讲演者不在于辞藻如何华丽，情绪多么激昂，而是你会不自觉地被他的节奏潜移默化地改变了自己的思考方式，甚至当轮到你发言时，你的语音语调都会变得同他相近。张悬就有这样的魅力。平日里，张悬喜欢写作，写作对她来说是平衡生活，甚至是充实生活的办法。心灵没有贵贱，表达心灵的手法有高低，如果能将记录巧妙地变成一种创作也蛮好。

"我很喜欢美国的一个导演 Michael Moore（迈克尔·摩尔），他的创作就是以记录而产生的，例如追究金融海啸背后的真相、追究垃圾食物的真相等等，他的剖析非常锐利。这样有观点的记录变成创作，使创作自然而然反映了他遇到或当下发生的事。我时常磨炼写字和观察能力，无非是为了让记录和创作的界限变得模糊，让它们变成同一件事。"张悬说。

对于写作者来说创作或多或少源自生活又高于生活，相对地对于读者来说，自然不免将阅读到的事件直接与作者挂钩，理所当然地联想这就是作者本人的真实经历。作家杨绛曾在《钱锺书写＜围城＞》一文中阐述了读者与作者间这种不可避免的尴尬。杨绛认为创作的一个重要成分是想象，经验好比黑暗里点上的火，想象是这个火所发的光；没有火就没有光，但光照所及，远远超过火点儿的大小。创造的故事往往从多方面超越作者本人的经验，要从创造的故事里返求作者的经验是颠倒的。张悬对这个观点相当认同，她直言：

"无论周围的人如何穿凿附会，追问你的创作来源，大部分的创作者如果是为了谁写的话只会一开始就跟你讲，要不然就怎么都不会跟你讲，这辈子都不会告诉你。对于一开始就没有特别要说的创作者，他大概就是希望借由一个故事的叙述，去投射、去借代、去提出一个时代甚或是人的心灵永远都在追求的问题。"

坊间流传着一句经典名言："做人难，做女人难，做名女人更是难上加难。"而张悬的处境还能往后再加一句："做敢于表达自我观点的名女人难于上青天。"游行集会在香港、台湾都相当普遍，而集会也分两种，一种是不辨是非地恶语相向，另一种则是聚集在同一个场地理性地相互交换意见。尽管我们常把言论自由挂在嘴边，可一旦某位名人参与其中，他的一言一行都将被无限放大，特别在如今的网络环境中更有可能被歪曲、误解。

张悬曾经因为类似事件被网络暴力攻击，恰好那阵子我也因为某些"明星效应"事件在网络上被疯狂影迷无端指责，毫无应对经验的我在那个当下感到委屈，郁闷、难过成了那段时间的常态。见到张悬，除了聊音乐生活，我还向她讨教该如何处理网络暴力，甚是可笑。面对这个问题，张悬严肃地打了一个有趣的比方：

　　"如果你是被很难听的脏话骂的时候，比如有人骂你是乌龟，你没用，你就会发现原来这个字眼可以是伤人的。我们都以为我们好好做人做事就绝对不会沦落到这个下场，但每个人都有可能成为别人眼中的乌龟，不管你们是否有交集。你会发现我从此以后再也不要对乌龟很糟，乌龟也很无辜。我们都不喜欢也不希望自己被别人用很难听的话攻击，但换而言之，也许我们有时候是用道德观先去设定了这些字眼是难听的。也许有一天别人会用不好听的话去评论一件事，但对你来说这些字眼不应该是用来骂人的，应该得到尊重，这样就好了。"

> 我不和你谈论诗艺
>
> 不和你谈论纠缠不清的隐喻
>
> 请离开书房
>
> 我不和你谈论人生
>
> 不和你谈论深奥玄妙的思潮
>
> 请离开书房
>
> 我带你去广袤的田野

去看看遍处的幼苗

如何沉默地奋力生长

我带你去广袤的田野

去抚触清凉的河水

如何沉默地灌溉田地

我不和你谈论社会

不和你谈论痛彻心扉的争夺

请离开书房

我带你去广袤的田野

去探望一群群的农人

如何沉默地挥汗耕作

你久居闹热滚滚的都城

诗艺呀人生呀社会呀

已争辩了很多

这是急于播种的春日

而你难得来乡间

我带你去广袤的田野

去领略领略春风

——张悬《我不和你谈论》

🎵扫一扫，收听有声版

钟成虎：我要向全世界证明你们错了

我最爱的吉他手今天和我视线交错／短短一秒钟／就算是短短一秒钟／也像是握住他的手／就像是亲口对他说／我爱你…2002 年，陈绮贞发行创作专辑《吉他手》，同名歌曲《吉他手》本意描写绮贞自己看偶像演唱会时的狂热心理，却由于她与吉他手男友的关系，让听众误以为是她向男友的表白情歌，从而联想成爱情的狂热。或许当中的确暗藏爱情，只是时至今日，男女主人公都从未给出肯定的答案，倒是每当陈绮贞在演唱会上演唱起这首歌时，所有人的目光都会投射到站在她身旁的吉他手，同时也是她的制作人及男友钟成虎的身上，似乎那一刻吉他手就是钟成虎的代名词。

"我除了是陈绮贞的吉他手、制作人之外，也是她的歌迷。她的音乐根底很厚，文学修养很深，可对待生活又像是一个素人，真实单纯。我常常好奇，她的生活明明跟普通人一样平凡，她的才华总是能将平凡的生活变成一首诗或一首歌，创作出有她独特解读的作品。"

　　钟成虎跟陈绮贞相识于 2000 年，那时陈绮贞已从歌唱比赛脱颖而出，签约滚石唱片子公司魔岩唱片，钟成虎则刚从台湾北到台北，以吉他手的身份加入滚石唱片。当时的两人纯属认识的点头之交，在陈绮贞 2001 年 11 月前的作品里全然找不到钟成虎的影子。据网络流传的八卦消息，钟成虎一进公司，见到短发青春的陈绮贞便一见钟情，碍于各方因素的考量迟迟未有表白，两年间不断地探问，不断地解答，再充分了解并取得对方信任后，钟成虎终于用偏执击溃了陈绮贞的情感防线，从而走进她的生活。这段传言的真实性有待考证，毕竟当事人从未高调表态。不过可以肯定的是，的确从 2002 年开始，有了钟成虎介入的《吉他手》专辑让陈绮贞的摇滚精神在音乐中显现，她不再只是那个拿着吉他清新弹唱的纯白小女生了。

　　"陈绮贞是一个很摇滚的人，她很有勇气地追寻摇滚乐的精神。与其说是我改变了陈绮贞，让她变得摇滚，倒不如说是陈绮贞自己改变得更快。很多女性都很勇敢，哪怕看起来很安静，但追求自己梦想的时候都充满了信念，绮贞就是如此。"

　　"梦想"这个词近几年着实有些尴尬，仿佛在当下的纷繁复杂中，坚守梦想需要十足的勇气。越来越多的人在现实面前向曾经的梦想挥别，以至于人们热衷于参加音乐节，喜欢看热血的电视节目，仿佛舞台上的追梦人同时在替自己圆梦。如果你的梦想恰好与音乐相关，去找钟成虎吧，他的梦想就是帮助追梦的人实现他们的梦想——听起来很高尚无私的样子，实际工作量却大得难以想象。

除了是陈绮贞的吉他手和制作人，钟成虎同时也是很多流行歌手的制作人，且女生居多。通常大的唱片公司会有详尽的前期策划和后期包装，或关于公司调性的考量，或符合歌手形象气质的设定。作为制作人的钟成虎选择站在歌手阵营，他的心情和所有音乐人一样，希望可以帮歌手加分，来完成他们和他的梦想，他把这份职业类比为包工头。

"一首歌的词曲作者像怀有梦想的建筑师，构想出他脑海中概念的房子，音乐制作人则像工地里的包工头，需要往上搭钢架，糊水泥，考量挖多深的地基，把房子真实盖出来。一个歌手想要唱的歌，需要制作人来透过编曲混音后制，来做出它该有的样子。有时候制作人也会像教练，会给歌手唱法上的意见。"

某次钟成虎给一个素来唱功极佳的歌手录歌，或许因为该歌手通告太多，录音当天低音下不去，高音上不去，钟成虎干脆停录，毫不顾忌录音室的排期和多花的时间精力，直接带着歌手去找声音专家调理，直到确定该歌手的嗓音恢复正常才继续工作。在钟成虎看来，嗓子是每个歌手最珍贵的财富，他善于发现每种声音的不同特质，绝不逼歌手硬唱。比如刘若英的声音未必是天籁美声，可却像在叙事，能让你联想自己发生的故事；赵咏华的声音虽然很天使，可她的声线里也隐含着沧桑，因为她所经历的种种；郁可唯的声音里有年轻女生天不怕地不怕的勇气，虽然会受伤，但跌倒了也会继续往前走。不得不说，正因为这些声音的独特，让听众更有意识地去选择，去喜欢。而最让钟成虎情有独钟，且欲罢不能到几近偏执的是另外两种声音。

"我看过一些做书籍出版的朋友，因为发现一本好书认为它非出不可，可并没有一家出版社愿意出，他们就干脆自己开出版社来发行。我做厂牌也是因为发掘到很好的音乐人，像卢广仲以及离开滚石时独立状态的陈绮贞，他们都应该被听见，所以想做做看。"

钟成虎坦言那是一种反抗的心情，认为全世界都错了。他们怎么会不认为这种声音应该被录成唱片，应该要发行的呢？你们不做，那我来做。我就是要让你们知道你们都错了，我是对的。就是在这样倔强的情绪下，钟成虎一鼓作气自立厂牌，签下陈绮贞、卢广仲，包括后来的魏如萱等一些他认为值得被听见的创作歌手，为他们独立制作并发行唱片。现在看来，他的梦想又多实现了一点。

除了吉他手、唱片编曲及制作人、厂牌老板这些身份，钟成虎还曾借由自己音乐人的身份，在台北举办户外音乐节，并且取名为"梦想"音乐节。

"我在做'梦想'音乐节的时候是冬天，那时候我们为每一个到场的观众都准备了暖手的火炉。现场的工作人员明明都是音乐人，却帮忙换瓦斯。看到现场大家边烘手边听音乐，好像那一刻大家的心肠都是热的。那天气温很低，来的人都要穿厚重的衣服，整个会场大家都很温暖的样子，而且人和人会靠很近，讲话都在哈着热气，这些都是很有趣的经验。我很喜欢这种刻骨铭心的感觉，尽管在体力上要付出一些代价。"

音乐在不同情境中及不同的人身上扮演着各种不同的角色，每一种音乐都有它的架构，跟它可以抚慰的人。比如上班被骂之后去听很吵的音乐，借助它来发泄。而现在的人总会有孤独的一面，在听舒缓的音乐的时候会感觉到自由。最安静的情况不是静音，而是听到一首宁静的音乐时自己内心的平静，真正万籁俱寂反而变得恐怖。歌手和听者能否在音乐里获得他们想要的能量是钟成虎最在意的，随之而来的压力也可想而知，幸好钟成虎学会了占星，让他用比较浪漫的眼光看待人生。

"占星让我觉得世界很大，宇宙也很大，很多东西都值得我们探索和追寻，永远都保有好奇心。有些事就算做过了，可它还有很多可能，比如做音乐。有些人他现在是这样，但造成他现在的样子都有原因，人生也多了另外一种思考的角度。有的人觉得占星有种疗效，能抚慰人心，但对我而言，更像用诗意的角度看待问题。"

平常的日子里，钟成虎习惯早起，每天都会做音乐，经营公司，推广音乐，生活基本被工作填满。娱乐多是看书，前阵子迷恋历史，就看一整套《二十四史》。有时也会看大学物理课本，了解当中记录的好玩的事，知晓世界的博大。有阵子跟卢广仲一起读《黄帝内经》研究养生。老实说在与钟成虎对谈前，我更多地将他归类为商人，毕竟做音乐制作和经营厂牌都免不了与市场博弈，可能很难维持音乐人的纯粹与脱俗。这一个多小时的午后对谈，我终于理解为什么陈绮贞愿意和眼前的这个人亲密相处十几年，不离不弃；也更理解添翼音乐（钟成虎的独立音乐厂牌）的魅力，在人们感慨华语流行音乐将亡之时，有那么一拨有才华又有趣又很单纯的音乐人在添翼冒出惊艳的创作。小虎哥，谢谢你的梦想。

图书在版编目（CIP）数据

黑夜不要走有光的路 / 小婧著. — 杭州：浙江大
学出版社，2017.6
ISBN 978-7-308-16891-5

Ⅰ. ①黑… Ⅱ. ①小… Ⅲ. ①随笔-作品集-中国-
当代 Ⅳ. ①I267.1

中国版本图书馆CIP数据核字(2017)第098546号

黑夜不要走有光的路

小 婧 著

责任编辑	卢 川	
责任校对	刘序雯 杨利军	
出版发行	浙江大学出版社	
	（杭州市天目山路148号 邮政编码 310007）	
	（网址：http://www.zjupress.com）	
排 版	杭州林智广告有限公司	
印 刷	杭州钱江彩色印务有限公司	
开 本	880mm×1230mm 1/32	
印 张	8.375	
字 数	165千	
版 印 次	2017年6月第1版 2017年6月第1次印刷	
书 号	ISBN 978-7-308-16891-5	
定 价	39.00元	

浙江大学出版社发行中心联系方式：0571-88925591；http://zjdxcbs.tmall.com